잠깨고 잠들어라
시방새들아!

김수미의 시방상담소

일러두기

＊이 책은 네이버 오디오클립에 연재된 〈시방 상담소〉를 바탕으로 집필하였습니다.
＊저자 특유의 화법을 살리기 위해 일부 구어적 사용과 비속어 표현을 허용하고 있습니다.

김수미의 시방상담소

핏 같은 세상, 대신 욕해드립니다
since 2020
김수미 지음

알에이치코리아

돼지 새끼나 고민 없지
사람은 다 고민이 있어

뉴스를 보니 우리나라에 우울증이랑 조현병 환자가 많이 늘었답니다. OECD 국가 중에 우리나라가 자살발생국가 1위라고 떠들어대요. 사회적으로, 경제적으로 많은 이유가 있겠지만, 내 생각에는 사람이 뭔가 고민이 있을 때 야, 나 요즘 죽겠다, 어떻다, 얘기할 데가 없어서, 진심 털어놓을 친구 한 명을 못 만들어서 더 그런 거 같아요.

왜냐하면 혼자가 더 속편한 세상이잖아요. 친한 친구한테 속엣 얘기해봐요. 개랑 싸우고 찢어지면 마음 앓고 소문도 안 좋게 나요. 이런 경험 한두 번 하고 나면 조심스러워지고 사람이 무섭죠. 연예인들 중에 이것 때문에 병원 다니는 경우도 많아요.

그래서 요즘은 사람이 사람이랑 깊은 대화를 잘 안 하려고 들어. 부모하고도 형제하고도 대화가 줄어. 그냥 휴대폰하고 인터넷 보고 혼자 생각해요. 그러다 보니까 고민이 있어도 그냥 듣고 싶은 말만 골라 듣지. 혼자 먹고 혼자 보고 점점 뭐든 혼자 하는 시대가 돼. 근데요, 고민은 혼자 풀 수는 있어도 혼자 듣고 답할 수는 없거든요? 그래서 내가 고민 상담소를 꼭 하고 싶었어. 이 시대에도 그래, 그래, 하고 다 들어주는 사람 하나쯤은 있어야지.

내 나이가 칠십한 개예요. 그동안 인생을 공중파, 지상파, 산전수전 공중전, 육해공군 다 겪었거든. 그냥 하는 얘기 같지만 70년을 살았다는 건 말 못하는 갓난쟁이 시절 빼고도 그 세월을 내 몸으로 다 체험하고 부딪혀봤다는 거예요.

그리고 내가 배우예요. 연기를 하다 보면 김수미가 아닌 다른 사람의 삶을 살아요. 수십 수백 명의 인생을 살면서 수십 수백의 인생을 경험한 거예요. 뭣보다 내가 아들, 딸 낳고 47년째 결혼 생활을 했어. 오히려 이혼하는 사람들이 순한 거지, 한 남자하고 47년을 붙어 살았다는 건 굉장히 질기고 독한 거예요.

이렇게 많이 산 나라서, 이렇게 독한 나라서, 여러분한테 서슴없이 적나라하게 조언할 수 있었어요. 여러분 고민을 들으면서 살다가 힘들고 부치는 걸 피부로 느끼면서 나도 이 나이에 인생 공부를 많이 했어요. 세상을 알 만큼 알고 겪을 만큼 겪었다고 생각했는데 나도 우물 안 개구리라는 생각이 들었어. 방송국 사람만 정해놓고 만나다가 이렇게 열 몇 살부터 쉰 몇 살까지 속상한 사람 만나니까 나도 덩달아 세상 공부가 됐어요.

어쩔 땐 사연 듣다가 내 속이 같이 상해서 시커메지고, 어쩔 땐 대견하고 기특해서 반찬 몇 가지라도 해서 보내주고 싶었어. 어쩔 때는 집에 가서도 그 집 그 문제 잘 해결됐나 궁금하고 건강 안 좋은 친구, 아픈 친구들 생각나서 기도하게 돼.

솔직히 칠십 먹은 내가 볼 때는 열일곱 살 이런 친구들 고민은 너무 간지럽고 우스울 때도 있지만, 당사자로서는 정말 큰 고민이잖아요. 그래서 진정성 있게 받아들였어요. 모든 사연이 하나하나 다 소중한 만큼 마음을 다해서 답했기 때문에 개인적으로 고민을 듣고 또 내가 답한 모든 과정에 큰 보람을 느껴요.

사람은 누구나 고민을 해요. 숨 붙어 있는 사람 치고 고민 없는 사람은 하나도 없어요. 우리나라 최고 부자도 고민하고 대통령도 고민해요. 반면에 돼지 새끼는 고민 없어요. 밥 먹고 배부르면 엎어져서 꼬리 턱턱 치면서 잡니다. 그러니까 박 터지게 고민하고 있다는 건, 내가 살아있다는 증거예요. 그러니까 여러분, 열정적으로 고민하세요. 다만, 누구한테라도 소리 내면서 하세요. 갓난아이가 태어날 때 왜 크게 우는 줄 알아요? 응아, 응아, 큰 소리로 안 울면 의사들이 놀래요. 아, 이거 뭐 잘못됐구나, 해요. 인간은 원래 힘들고 무섭고 놀래면 소리 내고 우는 게 정상이에요. 사람은 이미 엄마 뱃속에서 탯줄 끊는 순간부터 고행길입니다. 그 고행길을 크게 소리 내면서 걸어요. 뭔데. 말해봐요. 내가 들어줄게요.

김수미

contents

입 추행 이게 더 더러워 | 성격대로 살고 싶으면 몸부터 챙기세요 | 꿈꾸는 시절에 미안한데 꿈 깨세요 | 사람은 제일 힘든 시기에 제일 좋은 걸 만들어 | 떼먹을 게 없어서 어린애 시간을 떼먹냐 | 거짓말은 사람 파먹는 곰팡이야 | 부모는 절망 속에서도 자식 키울 방법은 찾아내 | 취업 안 됐다고 빵점이냐, 섣불리 점수 매기지 마 | 사회생활 자체가 억울한 거 투성이야 | 퇴근할 땐 집에 일 달고 들어가는 거 아냐 | 직장 파괴왕 같은 소리 하고 앉았네 | 목숨 같기도 하고 똥 같기도 한 게 돈이다 | 멀쩡히 살다가도 푹푹 꺼질 때가 있어 | 터널을 막 지났을 때가 가장 눈부신 법이야 | 소심하게 복수하지 마! 대담하게 제대로 붙어 | 퇴직하고 갈 데 없는 거, 그게 제일 비극이야 | 아무 생각 없이 열심히 살기엔 슬플 때가 가장 적기 | 이 땅 취준생 대신해서 내가 욕 해준다

스페셜페이지2_ 수미 TALK

2장

일__ 78

3장

가족

—— 130

엄마는 자주 앓을 나이야, 많이 잘 울려 ┃ 할머니, 할아버지와의 작별을 가볍해서 슬퍼하지 마 ┃ 사람과 강아지 사이에도 인연이 있어 ┃ 아픈 아이 엄마도 화가 나면 화내야지 ┃ 딸들아, 할 수 있을 때 사랑한다고 말하렴 ┃ 부모님과의 나이 차이, 극복은 네 몫 ┃ 내 새끼 내가 차는데 남이라고 못 찰까 ┃ 제대로 망하게 둬, 그래야 새로 시작해 ┃ 독불장군 아빠를 상대할 땐 엄마만큼 좋은 무기가 없어 ┃ 산후우울증은 감기가 아니고 중병이야 ┃ 자식 잃은 슬픔 달랠 건 이 세상에 아무것도 없어 ┃ 돌아가신 아버지 소원은 너 잘되는 거, 그거 하나야 ┃ 아들 늦잠 잘까 봐 걱정되면 엄마가 같이 자 ┃ 시부모도 내 부모 대하듯 막 대하면 편해 ┃ 엄마도 잘못된 선택을 할 수 있어 ┃ 준비된 엄마는 아기도 고양이도 잘 키워 ┃ 성교육은 혼자서도 잘만 배우더라 ┃ 북한도 중2가 무서워서 남침을 못해 ┃ 좋은 고모 노릇이면 그걸로 충분해 ┃ 이젠 맞지 마, 그게 친엄마일지라도 ┃ 남자는 죽었다 깨나도 여자 사이 이해 못한다 ┃ 좋은 거 먹인다고 굶기면 그게 좋은 거냐 ┃ 지금은 시댁 걱정 말고 나와 아기만 생각해 ┃ 밥상 차리기도 전에 효심에 배가 부르다 ┃ 팔자가 아니라 엄마가 될 운명 ┃ 사춘기가 아무리 무서워도 끽해야 6개월이야 ┃ 사람이든 동물이든 헤어짐은 있어

스페셜페이지3_ 수미 TALK

돈 없는 친구를 만날 땐 선빵 때리기 │ 거짓말로 산 관심은 수명이 짧은 법이야 │ 스물셋, 영화 같은 너희들 │ 머리채 잡고 싸우는 것만이 능사는 아니야 │ 남말 귀담아듣다 내 속만 상하지 │ 사람 무서워하지 말고 조금씩 좋아지면 돼요 │ 죽이고 싶은 인간은 슬기롭게 지혜롭게 조져 │ 짐승이랑 상종하지 마, 넌 사람이야 │ 친구라고 봐주는 데도 한계가 있다 │ 청첩장은 아끼고 결혼 소식은 널리 │ 너의 베드 프렌드 아니, 베스트 프렌드에게 │ 인연은 우연, 이별은 만듦 │ 세상사 어디에나 뒷담화가 있다 │ 인연 끊을까 말까 고민될 때는 심플이 베스트 │ 커피 사주고 꼰대 되는 건 뭐냐 │ 입 싼 너이랑 붙어다니다 피똥 싼다 │ 사람이 떠나갈 땐 그 사람과 만든 추억도 떠나 │ 너만 놓으면 끝날 인연, 붙들고 살지 마세요

스페셜페이지4_ 수미 TALK

4장

인간
관계

—— 208

형제간에 돈 문제, 참고 넘어가야 할 때도 있어 │ 남편은 막 쓰는데 너라고 왜 못 쓰니 │ 벌 날도 쓸 날도 창창한 너 아직 30대야 │ 눈칫밥 먹기 싫으면 밥값을 해 │ 이 고비 지나면 금방 또 해 뜰 날이야 │ 못된 버릇 고칠 땐 다시 사는 마음으로 │ 돈도 없는 게 지랄이 풍년이다 │ 하다 하다 할 걱정이 없어서 별걱정을 다 하는구나 │ 부부 사이에 돈 없는 설움을 겪게 했겠다? │ 파산당한 아버지는 자존심도 차압당한 상태야 │ 500만 원 돈 날리고 친구까지 잃는 거야 │ 별풍선 20만 원어치를 쏴? 쏴 죽여버릴라 │ 아직 얼마를 벌지, 아무도 모르는 40대

스페셜페이지5_ 수미 TALK

양다리 걸치세요, 평생 두 남자랑 사세요 │ 네 남편 네가 골랐지, 내가 골랐냐? │ 사랑은 신도 우주도 들었다 놨다 해 │ 맞춤법 때문에 싸우지 말고 알콩달콩 받아쓰기나 해 │ 조인성은 내 거야, 근데 너도 해라 │ 여자와 남자 사이에는 언제나 드라마가 생겨 │ 똥차만 만나는 것도 버릇이고 취향이다 │ 짐승 같은 놈 제일 잘 잡는 건 짐승 낳은 부모야 │ 실컷 미워하고 후련하게 잊어버리세요 │ 때론 힘껏 돕지 않는 것도 사랑이야 │ 네 인생 꼬는 건 그놈이 아니라 너야 │ 송대관 씨도 그랬다, 세월이 약이겠지요 │ 지나간 첫사랑보다 지금 남편이 소중한 이유 │ 오늘 끝날지 내일 이뤄질지 모르는 게 너희 때 사랑 │ 그놈은 네 시절인연이 아니었다 │ 야! 네 애인 속마음을 왜 나한테 묻냐 │ 이혼이 무슨 죄냐? 한 다섯 번 더 갔다 와 │ 좋았냐고 물어보는 건 좋았다는 말이 듣고 싶은 거야 │ 심증, 물증, 확증보다 더 중요한 건 내 마음 │ 부부가 1년 동안 안 한 건 문제다 │ 누구 만나지 마, 넌 혼자 살아야 돼 │ 남편 버릇 고치기, 40년은 각오하세요 │ 사랑에 빠진 마흔, 그 소녀다움을 칭찬해 │ 임신했을 때 설움은 평생 가, 나중 말고 지금 잘해 │ 꼭 예쁘다, 예쁘다, 해야 사랑이겠니

스페셜페이지6_ 수미 TALK

6장

남과 여
—— 292

사람이 언제 가장 크게 탈이 나냐면

저 자신이랑 싸워서 이기지 못했을 때야.

남이 지랄하면 한판 붙어서 조져버리면 되거든요?

근데 내 속에 든 나는 천하장사도 함부로 어떻게 못해.

그러니 내 약점 가장 잘 아는 자기 자신과 붙을 때

항상 전력으로 진심으로 붙으세요. 반드시 이기세요.

이 세상에서 가장 성공한 사람은 나를 이긴 사람입니다.

인생은 총칼 없는 전쟁터야,
빈손으로 나갈래?

수미 쌤, 전 스무 살인데요, 앞으로 뭐 하고 살아야 할지 모르겠어요. 다른 친구들은 방학에도 스펙 쌓는다고 야단인데 전 술잔만 붙들고 살아요. 태권도 선수가 꿈이어서 중고등학교 내내 운동만 하다가 부상 입고 포기했거든요. 선수 말고는 다른 직업은 생각해본 적도 없어요. 주변에서 취업은 어떻게 할 거냐고 물어볼 때마다 너무 불안해요.

너 괜찮아. 앞날을 고민하면서 나한테 고민 상담하는 것만 봐도 아주 괜찮은 떡잎이에요. 왜냐하면 이런 고민조차 못 하는 친구들도 많거든. 근데 나의 신경을 긁는 대목이 있어. '술잔을 붙들고 산다.' 중고등학교 내내 운동을 했으면 체력은 기본으로 좋을 거야. 그리고 본인 스스로 위기감, 불안함도 느끼고 있고. 근데 그걸 다 아는 놈이 친구들 스펙 쌓을 동안 술을 왜 처먹어? 고민을 했으면 실행을 해야지 술집은 왜 기어들어 가고 지랄이야?

우리가 정신과에 가면 사이코드라마라고 해서 심리 연극을 해요. 내가 그 인물이 됐다고 생각하고 그 상황에 처했을 때를 상상해보는 거야. 자, 내가 마흔에 쉰에 어떤 모습일까 한번 생각해봐요. 서울역에서 신문지 한 장 덮고 자는 본인의 모습을 그려봐요. 그리고 따라 해봐요. '천 원만 줍쇼. 천 원만 줍쇼.' 어때? 몸으로 착, 느낌이 오냐?

인생은 총칼 없는 전쟁터야.
스무 살은 그 전쟁터에서 살아남을
무기를 갈고닦는 시간이고.

◇

태권도 못 하게 됐다고 전쟁터에 빈손으로 뛰어들 거야? 태권도 말고 다른 무기가 생길지 어떨지 네가 알아?

스무 살이 좋은 건 앞으로 내가 뭘 좋아하게 될지 모른다는 거예요. 아직 못 보고 못 만져본 게 무궁무진하니까. 분명히 태권도보다 더 좋아하게 될 일을 찾게 될 거야. 그러니까 내가 좋아할 만한 일을 부지런히 찾아보세요.

인생영역

문항	답란	문항	답란	문항	답란
1	○○○○○	13	○○●○○	25	○○○○○
2	●●●○●	14	●●●●●	26	○○○○○
3	○●○●●	15	○○●○○	27	○○○○○
4	●○○●●	16	○●○●○	28	○○○○○
5	●○○●●	17	●○○○○	29	○○○○○
6	○○○○○	18	○○○○○	30	○○○○○
7	○●●●●	19	●●●●●		
8	●○○○●	20	○○●○○		
9	●○○○●	21	○●○○○		
10	●○○○●	22	●○○○○		
11	●○○○●	23	●○○○○		
12	○○●●○	24	●●●●●		

정답은 안 보이고 오답만 고른 것 같지?
시간 지나고 보면 맞고 틀린 거 없이
그게 다 청춘이었음을 알게 될 거야.

흑역사도 시간이 지나면
컬러풀한 추억이 돼

10대

할머니! 제가 이번에 용기 내서 〈전국노래자랑〉에 나갔
는데요, 특이하고 재밌어야 뽑힌다 그래서 방방 뛰어다
니면서 해금 켜고 노래를 불렀는데 특이한 걸 넘어서 이
상한 애처럼 보였나 봐요. 예선에서 탈락했어요…. 학교
도 빠지고 나간 건데 너무 속상하고 창피해요. 이 흑역
사를 어떻게 지우죠?

잘했어요. 그게 다 담력 훈련이고 무대 경험이야. 어린 나이에 그런 큰 대회에 출전한 거 자체가 기념이고 영광이야. 뭐 할까, 뭐 부를까 하면서 준비할 때 재밌었지? 아마 내 나이쯤 먹고 '나 그 나이 때 뭐 했지?' 생각하면 〈전국노래자랑〉 나가서 해금 켜고 뛰어다닌 게 생각날 거야. 흐릿한 흑백텔레비전 같은 인생에서 쨍하고 선명하게 기억나는 명장면 하나 남기는 건 정말 좋은 거예요.

야, 흑역사가 어때서.
그게 다 컬러풀한 추억이 될 건데.

창피할 것도 없어. 근데도 밤마다 생각나 쪽팔려 죽겠으면 〈전국노래자랑〉 매주 챙겨보세요. 보면서 연지곤지 찍고 드레스 입고 별의별 괴상한 분장하고 나오는 사람들 보면서 생각하세요. 전국에 얼굴 팔리기 전에 탈락해서 다행이다. 살았구나. 오케바리? 자, 다음!

여행의 목적은
원래가 현실 도피

오랜 버킷 리스트 중 하나인 유럽 여행을 앞두고, 갑자기 다니던 회사에 부도가 나서 하루아침에 백수가 됐습니다. 모아둔 돈도 많지 않아서 여행 다녀오면 빈털터리인데, 지금 아니면 또 언제 가보나 싶어서 너무 고민이에요. 돈과 여행 중에 뭘 선택해야 할까요?

찬스야. 떠나세요. 안 가도 후회, 가도 후회할 거 같을 땐 가는 거야. 인생 뭐 없어. 부도난 회사 어쩔 거야. 좋게 생각하세요. 이 타이밍에 회사가 부도가 나서 난 자유다! 땡큐 베리 마치!
당장 직장부터 알아봐야 할 거 같고 지금이 여행 타령할 때인가 싶어서 지금 고민될 거는 내가 충분히 알겠는데 나 같으면 그냥 가겠어. 우리가 여행을 왜 가? 현실을 떠나려고 가는 거 아니야?

지금 현실이 개같으면
떠날 이유 한번 충분하네.

돈이 넉넉하지 않으니까 좋은 호텔에 묵을 수도 없고 교통비며 간식비며 빠듯할 거야. 어쩌면 정말 좋은 걸 봤는데 좋은 게 좋은 거로 안 보일 수도 있어. 지금 마음이 괴롭기 때문에. 그럼에도 갔다 오면 세상 보는 눈이 달라지고, 세상을 달리 보다 보면 인생도 달라져. 유럽에 가서 그 좋은 풍경을 보면서 아, 내가 더 열심히 일해서 이렇게 원 없이 여행하며 살아야지, 새 결심을 하세요.

내 나이가 칠십한 개인데,
나도 열등감 느껴

저에겐 고등학생 때부터 친한 친구가 있어요. 어릴 땐 같이 있는 것만으로도 그저 즐거웠는데 이젠 그 친구를 만나는 게 스트레스가 돼버렸습니다. 어느 순간 그 친구가 저를 앞질러 가는 것 같아 마음이 좀 그래요. 자꾸 저와 친구를 비교하고 그 친구에게도 예민하게 굴게 됩니다. 이 열등감, 어떡하면 좋을까요?

열등감, 질투, 시기, 샘
이런 건 누구나 느껴요.

아무리 친한 친구라도, 같은 배에서 나온 형제간에도, 좋아 죽는 남녀 사이에도 다 있어요. 내 나이가 칠십한 개인데 나도 아직 샘 부려. 연예인은 인기를 먹고 사는 사람이니까 더 하지. 이 바닥에서는 흔히 있는 일이야.

데뷔 동기인 A랑 B가 정말 친해. 근데 A가 드라마 주인공을 맡아서 잘나가. A가 한참 깃발 날리고 인기 절정일 때 B는 알아주는 사람이 하나 없어. 같이 냉면을 먹으러 가면 모든 사람이 A한테 몰려들어서 사인해주세요, 사인해주세요, 하고 B는 뒤로 밀려나. 이런 일이 계속되다가 어느 날 A가 B한테 '얘, 너 그 옷 너무 안 어울린다' 하면 B는 아무것도 아닌 말이 너무 비참해서 견딜 수가 없는 거야. 그럼 못 붙어 있어. 나가떨어지게 되는 거지.

이걸 보고 누구는 열등감이다, 자격지심이다, 흉도 봐. 그런데 생각해봐. 나란히 같이 걷던 애가 갑자기 나를 막 앞질러 가. 그런데 마냥 태연할 사람이 어디 있겠어. 아, 나는 왜 쟤처럼 안 될까. 무너지는 거 당연하지. 나쁜 거 맞아. 나쁜데 자연스러운 거야. 그러니까 받아들여요.

사람은 하느님, 부처님이 아니야. 마음이 뜻대로 곱게 안 될 때가 있어.

선택을 해야 돼. 그 친구를 계속 만날지, 아니면 잠깐 안 보고 살지. 내가 그 사람이랑 있으면 자꾸 오그라드는데 그걸 억지로 견디면 어느 순간 자신감이 싹 말라붙어. 사람이 겉만 말라 죽는 게 아니야. 속으로도 말라 죽어. 그러니까 잠깐 끊어내. 영영 보지 말라는 게 아니라 약간 거리를 둬. 누군가 만나는 게 괴로울 땐 거리를 두고 나부터 지키는 것도 방법이야. 우정도 내 코 석 자가 온전해야 더 잘 챙길 수 있어요.

귤껍질에
파운데이션 발라 봐

저는 집에만 들어가면 왜 그렇게 씻기 귀찮을까요? 저녁 먹고 씻자, 과제 하고 씻자, 드라마 한 편 보고 씻자, 하다가 12시 넘으면 '아 몰라 내일 아침에 씻지 뭐' 하고 이불 덮고 자버려요. 그리고 다음 날 아침, 개기름 낀 피부를 보면서 후회합니다. 이 귀차니즘 어떻게 고쳐요?

귤껍질 위에 파운데이션 한번 발라 봐. 어떻게 되나. 보이냐? 그게 네 미래다. 나는 나이가 칠십한 개인데 집에 들어가자마자 제일 먼저 하는 게 샤워야. 싹 씻고 화장한 거 뽀독뽀독 깨끗하게 지워내. 그래서 피부 건강 나이 테스트하잖아? 서른하나라고 나와. 이렇게 부지런해도 조금씩 망가지는 게 피부야. 근데 넌 뭐하냐. 일부러 피부를 썩히고 있어.

백날 말해서 뭐 해. 너 그냥 화장 지우지 마. 귀찮은데 왜 지워. 그렇게 한 3년만 더 하면 얼굴이 아주 우둘투둘 귤껍질처럼 될 거다. 땀구멍 넓어져서 아주 100원만 해질 거다. 무서우면 집에 들어갈 때 신발 벗자마자 욕실로 바로 들어가. 물 틀고 세수해!

오른 다리 자르고
왼 다리 자르고

마흔 살입니다. 전 달콤한 게 너무 좋아요. 초콜릿, 사탕, 젤리 등등 간식이라면 아주 환장을 합니다. 이제 끊으려고 마음을 먹었는데 그게 잘 안 돼요. 저 단것 좀 그만 먹으라고 따끔하게 한마디 해주시면 안 될까요?

계속 먹어요. 처먹어. 계속 단것 먹으면 사십 넘기자마자 급성 당뇨가 와. 우리 남편이 그랬거든. 처음에는 몰라. 당뇨가 뭔지, 얼마나 더러운 병인지 지금은 모르지. 완치도 없고 합병증도 디럽게 많아. 몸 여기저기 찌릿찌릿 상태 심각해져서 이제 다리 하나 자를 때 되면 느낄 거야. 너 망했어. 자, 이제 다리 잘라요. 왼발 자를래요? 오른발 자를래요? 다리 안 자르면 배꼽 위까지 살이 썩어. 그러다 하반신 다 잘라. 초콜릿, 사탕, 젤리 껍데기 까서 하나씩 입에 넣을 때마다 다리 자를 각오하고 처먹어요.

한 3년 살다가 요단강 건너 만나리. 장례식장에서 보자. 초콜릿 사 갈게.

열한 살도 마흔여섯 살도
못 먹는 음식은 있어

김수미 할머니, 안녕하세요. 저는 초등학교 4학년 김민 하입니다. 저는 피망을 정말 싫어해서 먹기 싫다고 떼쓰다가 엄마한테 맨날 혼나요. 피망이 몸에 좋은 건 아는데 냄새도 싫고 씹을 때 느낌도 정말 정말 싫어요. 김수미 할머니도 싫어하는 음식이 있나요?

왜 없어. 사람 입맛이 다 제각각인데. 근데 나는 즐기지 않는 음식은 있어도 못 먹는 음식은 없어. 음식 가리는 건 우리 아들이 챔피언이야. 우리 아들이 지금 마흔여섯인데 당근을 그렇게 안 처먹어. 손모가지 빠져라 당근 곱게 다져서 계란찜 해놓잖아. 그럼 눈 딱 감고 먹을 만도 한데 죽어도 안 먹어. 내 새끼지만 입맛 더럽게 까탈 부려. 그러니까 못 먹는 음식은 열한 살이나 마흔여섯 살이나 있어요. 누구에게나 싫어하는 게 있는 거야. 근데 음식을 안 가리고 잘 먹어야 커서 건강해요.

할머니 남편은 당뇨 환자거든. 당뇨라는 병이 뭐냐면 우리가 음식을 먹으면 몸에서 이 음식을 가지고 좋은 에너지를 만드는데 그 능력이 망가진 거야. 당뇨에 걸리면 밥이랑 반찬을 자기 마음대로 못 먹어요. 싫어도 먹어야 되는 게 생기고, 좋아하는데 못 먹는 게 생겨. 내가 그것 때문에 돌아요. 딸랑 세 식구인데 남편 나물 따로 아들 반찬 따로, 아주 밥상 한번 차리는 게 험난해. 그러니까 좋아하는 음식이랑 싫어하는 음식이랑 자유롭게 먹을 수 있을 때 잘 챙겨 먹어요. 그래야 안 아프고 건강한 어른이 됩니다.

나쁜 습관 고치는 데
왕도는 없어요

선생님, 저는 왜 이렇게 덜렁이일까요. 지갑, 이어폰, 핸드폰은 맨날 잃어버리고 어디 여행을 가면 물건도 하나씩 두고 옵니다. 이번에 새로 식당 서빙 알바를 시작했는데 주문을 받을 때도 음식을 하나씩 빼먹어요. 실수를 많이 해서 눈치도 많이 보여요. 어떻게 하면 꼼꼼해질 수 있을까요?

어휴, 정신머리 없는 년. 한 번 뒤지게 큰일 당해야 정신 차리지. 이거 금방 고쳐. 메모하는 습관 들이면 돼. 생각날 때마다 적어. 그리고 어디 나가기 전에 딱 밈춰서 수첩, 핸드폰, 지갑, 이어폰 놓고 나가는 거 없나 5초만 점검하세요. 알바할 때도 손바닥만 한 조그만 수첩 있어. 거기에 6번 테이블 갈비탕 하나, 이렇게 무조건 적으세요. 귀찮아서 그렇지 어려운 일 아니야. 근데 왜 못 고치고 평생을 덜렁거리고 사냐면 귀찮다고 안 쓰고 안 적거든.

너 지금 못 고치면 결혼해서 남편도 잃어버려. 내 나이 되면 더 깜박깜박해. 나는 내일이 녹화면 벌써 소품이고 뭐고 준비할 게 태산이야. 그럼 전날 밤에 가지고 갈 거 미리 싸서 현관 앞에 딱 가져다 둬. 빼먹은 거 있으면 자려고 누웠다가도 벌떡 일어나서 다시 챙겨. 귀찮다고 내일 챙겨야지 하면 무조건 까먹어. 그니까 무조건 미리 준비하세요.

나쁜 습관 고치는 데 왕도는 없어요. 이미 아는 방법을 실천으로 옮기는 것뿐이야.

오지랖 떨지 마!
걔가 너보다 잘 살아

스물여섯 직장인입니다. 저는 예전부터 오지랖이 넓었어요. 대학생 때는 길 헤매는 외국인 길 가르쳐준다고 중간고사 결석해서 재수강한 적도 있고, 조별 과제 독박 쓰기는 기본, 모르는 아저씨들 싸움 말리다 피 본 적도 있죠. 그 성격 못 고쳐서 직장에서도 남 일 돕다 매일 야근하네요. 체력적으로나 정신적으로나 너무 지치는데 이 성격을 어떻게 고쳐야 할까요?

친절이나 선의는 좋은 거야. 가령 길 헤매는 외국인을 도와주는 건 너무 마음이 예쁘지. 그 외국인도 '한국 사람은 이렇게까지 친절하구나' 놀랐을 거야. 근데 배보다 배꼽이 크다고, 베푼 친절에 비해 본인이 겪는 피해가 너무 커. 너 대학교 재수강 그거 다 돈 내는 거 아니야? 야! 길 한 번 가르쳐주고 몇십만 원 깨지면 그건 오지랖이 아니라 정신병이야, 정신병!

외로워요? 내가 볼 때 자기가 피해를 보면서까지 누군가를 돕는 건 사랑과 관심을 갖고 싶은 갈증이 밑바닥에 깔려 있는 거거든. 굉장히 사랑이 부족해보여. 그런 결핍된 상태로 자꾸 누군가를 돕다간 결국 자신한테 큰 피해가 와요. 왜 나를 깎아 먹으면서 남을 도와.

오지랖이라는 게 뭐냐면
한복 저고리 앞자락을 말하거든.
앞자락이 넓으면 예쁜 옷을 다 가려.

그래서 오지랖이 넓다는 게 도움을 준다는 게 아니라 참견한다는 의미인 거야. 직장 동료를 돕고 싶으면 네가 야근을 할 게 아니라 빨리 집에 가. 그래야 걔도 일이 늘지. 그리고 앞으로 누구를 돕고 싶어서 손이 나가면 손을 잡고 말이 튀어나오면 입을 막아. 괜한 오지랖 떨지 마. 걔가 너보다 잘 살아. 가슴에 새겨.

따라 하세요,
내 인생에 로또는 나다

선생님, 저 진짜 미칠 것 같아요. 혹시나 하는 마음으로 매주 5천 원씩 로또를 삽니다. 저번 주에 한 업체에서 로또 추천 번호를 보내줬는데 구매를 못 했어요. 근데 그 번호가 무려 2등에 당첨된 거예요. 그 돈이면 빚 다 갚고 가족 여행도 갈 수 있었는데…. 이 생각만 하면 매일매일 멘탈이 바스러집니다. 저 좀 살려주세요!

눈앞에서 2등을 놓쳤으니 아까워서 피가 거꾸로 솟을 만도 하다. 얼마나 아까울 거냐. 정말 일이 안 되려면 이렇게도 안 풀려. 이게 자동차 보험 제때 넣다가 딱 하루 늦었는데 그날 사고 난 거하고 똑같아. 세상에 뭐 이런 일이 있나 싶지? 근데 해외토픽 찾아보면 듣는 사람이 아까워서 발 동동 구를 만한 일이 얼마나 많아. 1등 아니었던 게 어디야. 1등이었으면 정말 살기도 싫었을 건데 2등이면 네가 못 벌 액수도 아니잖아. 네가 벌어.

내 인생에 로또는 나다. 나뿐이다.
그렇게 생각해.

난 평생에 복권을 한 번도 사 본 적이 없어. 살기 어려웠을 때도 복권 당첨 되면 좋겠다, 이런 생각을 못 했어. 내 손으로 일해서 정당하게 버는 것만 생각하지, 하늘에서 돈이 뚝 떨어진다는 생각 자체를 못 해. 재미로 복권 하나씩 사서 당첨되면 뭐할까, 기대하면서 사는 것도 재밌다던데 나는 내 성격 자체가 그게 안 돼. 어차피 안 될 거 왜 돈지랄을 해, 이렇게 되니까 살 생각이 안 나. 세상에 나처럼 사는 사람도 있어요. 나 같은 사람은 복권 당첨 근처에도 못 가보고 평생을 이렇게 팔다리 빠져라 일하면서, 손발 부르트게 일하면서 살거든요? 근데 이렇게 노력하는 삶이 좋은 건, 당첨도 없고 횡재도 없지만 적어도 나를 배신하지는 않아. 내가 한 만큼, 번 만큼 되돌아온다는 믿음이 있어. 그니까 마음이 가난해지지 않는 거야. 그니까 못 산 로또 아깝다 생각 말고, 내 한 몸 잘 챙기면서 멘탈 관리 잘해. 나한테는 내가 제일가는 밑천이고 동력인 법이야.

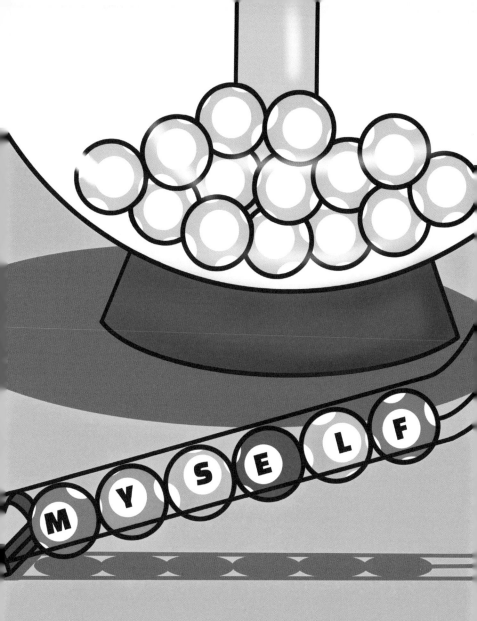

나를 가난하게 만드는 건 세상에 무궁무진해요.
그러나 나를 부자로 만들 수 있는 건 나 하나뿐입니다.

열여섯 70kg의 때,
칠십한 살 49kg의 때

수미 할머니의 열여섯 살 팬이에요. 전 공부도 못하고 성격도 안 좋은데요. 제일 큰 고민은 제가 뚱뚱하다고 아빠가 자꾸 화를 낸다는 거예요. 살을 빼야 된다는 건 아는데 아빠가 뚱뚱하다고 보기 싫다고 구박할 때마다 힘이 쭉 빠지고 살기 싫어져요. 어떡하면 좋죠?

일단 나한테 10대 팬이 있다는 거에 땡큐 베리 마치. 근데 열여섯이 왜 벌써 힘이 빠지고 살기가 싫어! 더 먹고 싶은 만큼 계속 먹고 70kg 찍어. 옷이야 큰 사이즈 입으면 돼. 그런다고 아빠가 너를 더 이상 사랑하지 않을 거 같냐? 절대 아니야. 뚱뚱하다, 살 빼라, 운동해라, 아빠가 하는 모든 말이 다 너를 사랑한다고 하는 애정 표현인 거야. 근데 말을 왜 저렇게 하냐 따지면 한도 끝도 없어. 그럴 땐 그냥 아빠는 외국인이다, 지금 다른 나라 말로 사랑한다고 하는 거다, 하고 생각해. 아빠가 구박하면 너도 봉쥬르, 니하오, 알로하 하고 그걸로 스트레스받지 마.

고민에도 타이밍이 있어. 고등학교 졸업하면 본격적으로 몸매 관리해야 하는 나이가 와. 누구 때문에 해야 되는 게 아니라 너 스스로 하고 싶어질 때가 와. 그때 마음먹고 독하게 빼. 나는 지금도 49kg이야. 9년 전이랑 몸무게가 똑같아. 나는 송편을 먹어도 깨 들은 거 한 개, 설탕 들은 거 한 개, 개수를 세어가면서 먹어. 설탕 들은 거 네 개 먹으면 1kg 금방 찌니까. 노력 없이 관리 되는 건 세상에 없어. 아빠도 나중에 네가 한꺼번에 살 뺀다고 고생할까 봐 미리 잔소리하는 거야. 이제 아빠 마음이 좀 번역이 되지?

너의 과거를 들춰
남의 미래를 바꾸면 안 돼

결혼을 앞둔 친오빠가 새언니 될 사람을 소개시켜 준다
고 해서 만났는데요. 그 사람이 바로 고등학생 때 제 남
자친구를 뺏어갔던 애였어요. 너무 당황스러워서 아는
척 못 하고 돌아왔는데 뒤늦게 연락이 오더라고요. 옛날
일은 없던 일로 해주면 안 되겠냐고. 제가 왜 그래야 하
죠? 저 이 결혼 정말 말리고 싶은데 오빠한테 얘기해도
되나요?

남자친구가 물건이냐? 뺏기게. 그놈이 마음 변해서 제 발로 간 거지. 친구가 나쁜 게 아니라 그놈이 개새끼야. 그놈을 잡아다 족쳐. 무슨 놀이기구도 아니고 친구 사이 옮겨 타면서 만나고 지랄이야. 만약에 따돌림 같이 정신적으로 괴롭힘을 당한 거면 그 앙금은 평생 가. 그런 상황이면 내가 당장에 머리채를 잡아 벗기라고 하겠어. 근데 이건 그냥 그 나이 때 남녀 사이에 있을 수 있는 일이야. 고등학교 때 아무리 죽고 못 사는 연애를 했다고 한들 네 오빠가 혼기 차서 결혼 전제로 만난 연애랑 깊이가 같겠냐. 네 오빠는 여러 고민 끝에 이 여자라면 평생을 같이 살 수 있겠다, 확신을 가졌을 거야. 근데 네가 과거 이야기를 하면 그 결심 다 엎고 정말 결혼을 취소할 수도 있어. 아무리 신부 될 사람이 귀해도 친동생이 말리면 무시 못 하지. 그러니까 더더욱 오빠한테 얘기하면 안 돼. 지금 당장이야 '저게 어떻게 내 새언니가 돼?' 하겠지만 너그럽게 축하해줘. 과거는 들추는 게 아니고 잊는 거야. 나의 과거를 들춰서 그로 인해 오빠의 미래를 바꿔서는 안 돼.

사촌이 땅을 사 배가 아플 땐
내가 잘되면 낫는다

사촌이 땅을 사면 왜 이렇게 배가 아플까요. 얼마 전 친한 후배가 돈 많이 받는 직장으로 옮긴다고 하더라고요. 앞에서는 축하해줬지만 속으로는 어찌나 배알이 뒤틀리든지. 자존감은 뚝 떨어지고 가끔은 그 후배 흉도 보게 됩니다. 나 왜 이렇게 못 됐지, 반성해도 잘 바뀌지 않아요. 못된 마음 고칠 수 있게 욕 좀 해주세요.

이거 못된 마음 아니야. 당연한 마음이야. 우리 까놓고 솔직하게 얘기해보자고. 남이 나보다 잘되면 속상하지. 자존감도 떨어져. 진정으로 축하해주고 격려해줄 수 있는 대인배가 몇이나 있을까? 중요한 건 그 이후에 감정을 어떻게 다스리느냐 하는 거야.

이 경쟁 사회에서 나보다 못한 후배가 나보다 좋은 회사에 가면 당연히 배가 아파. 안 아프면 그게 더 변태야. 하지만 배가 아프면 뒤에서 씹고 다닐 게 아니라 억울해서라도 개보다 반드시 더 좋은 직장 들어간다. 너보다 꼭 더 좋은 대우 받는다, 결심을 해야지.

그렇게 나를 개발하는 방법으로
복수하세요.
그래야 나한테도 남는 게 있어.

이 세상에 경쟁이 없으면 나태해져. 내 배 아프고 쑤시게 하는 경쟁자가 있어야 돼. 그래야 옆구리에 살이 안 붙어.

나쁜 건 숨기면 숨길수록
더 나빠져요

저는 열세 살입니다. 동생이랑 놀다가 엄마가 정말 아끼는 노트북을 고장 냈거든요. 엄마는 아직 모르시는데 솔직하게 얘기하는 게 좋을까요? 아니면 엄마가 아실 때까지 기다리는 게 좋을까요? 무서워서 도저히 얘기를 못 하겠는데 할머니가 대신 좀 말씀해주세요.

할머니 생각에는 말 안 하고 속 태우는 거보다 엄마한테 얼른 얘기하는 게 좋을 것 같아. 옛말에 '매도 먼저 맞는 놈이 낫다'고 했거든? 나쁜 건 숨기면 숨길수록 나빠져. 엄마한테 가서 '엄마, 제가 잘못한 게 있어요. 사실은 제가 노트북 만지다가 고장 냈어요' 하고 솔직하게 얘기하세요. 왜냐하면 엄마가 노트북 쓸 일이 있어서 찾았다가 고장 난 걸 알면 더 화가 나. 노트북으로 급하게 해야 할 일 못 해서 엄마가 곤란할 수도 있어. 엄마가 화가 난 상태로 '너희들이 고장 냈지?' 하고 다그칠 텐데 그럼 아주 뒈지게 혼나요.

그러나 미리 이야기하면 노트북을 빨리 고칠 수 있어요. 아주 산산조각낸 게 아니면 다 열어서 고치거든요? 요즘은 오줌을 퍼질러 싸도 다 복구해. 그렇다고 노트북에 오줌 싸지 말고, 얼른 가서 얘기해. 먼저 얘길 하면 엄마도 덜 속상해서 크게 안 혼낼 거야.

실수는 나쁜 게 아니야.
하지만 실수를 숨기면 나빠져.

"10분 늦을 거 같습니다"
그 아주 더러운 버릇

저에게는 아주 나쁜 버릇이 있어요. 시간 약속을 잘 못 지켜요. 일찍 나가야지, 하고 생각해도 꼭 10분씩 늦습니다. 왜 그럴까요?

이거 정말 나쁜 거야. 꼭 10분씩 늦는 사람 있는데 이거 정말 약 올라. 당장 고쳐야 돼. 난 만나기로 한 사람이 10분 늦으면 벌써 눈이 돌아. 아니 왜 그 짧은 시간 때문에 자기 이미지를 깎아 먹어. 나로서는 정말 이해가 안 돼. 나는 내 평생에 어디를 가든 늦은 기억이 없어. 스케줄 많을 때는 하루에 다섯 개까지 하는데 지금도 촬영장에 1시간 전에 도착해.

그래서 내가 내 인생에서
딱 두 가지 자신해.
시간 약속 잘 지키는 거랑 부지런한 거.

예전에 만나기로 한 사람이 10분 늦게 나타났어. 내가 제일 듣기 싫어하는 소리가 차가 밀려서 늦었다는 거야. 그래서 내가 그랬지. '전 헬기 타고 왔어요? 저도 차 타고 왔거든요?' 그러니까 그 사람 얼굴이 시뻘게지더라고. 이렇게 창피를 당해도 늦는 사람은 또 늦어.
내가 한번은 매번 10분씩 늦는 선배랑 미국 여행 가서 방을 같이 썼는데 그날 일정이 아침 9시에 로비에 모여서 버스 타고 출발하는 거였어. 나는 준비 다 하고 8시 50분에 엘리베이터 앞에 딱 나왔지. 근데 이 선배가 '어머, 나 뭘 두고 왔어. 잠깐 기다려' 하고 들어가더니 58분에 나와. 그러더니 '나 화장실 좀 갔다 올게' 하고 또 들어가더니 결국은 5분을 늦어. 부랴부랴 내려갔더니 30명이 나와서 우리를 기다리고 있더라고. 세상에, 그게 무슨 민폐야.

그 얼마 안 되는 시간 때문에
못 미더운 사람이 돼.
10분 때문에 신용불량자 되는 거야.

너, 10분이 인생에 얼마나 중요한 줄 아냐? 축구 경기에서 마지막 10분에 골도 넣어. 승패가 바뀌어요. 그러니까 앞으로 무조건 1시간 전에 나가. 앞으로는 모든 약속을 나랑 했다고 생각하세요. 너 나랑 약속했는데도 늦을래? 아주 다리몽둥이를 분질러 놓을 거야.

Just One 10 MINUTES!
신용불량자 되기 10분 전이다.
뛰어! 이 새끼 안 뛰어?

앞날 위협하는 과거를
왜 스스로 남겨

전 지금 1년째 호스트바에서 일하고 있습니다. 학자금 빨리 갚으려고 시작했는데 다 갚은 다음에도 그만두지 못하고 있어요. 술도 많이 마시고 손님 상대하는 것도 힘들고 무엇보다 부모님과 친구들에게 이렇게 돈을 벌고 있다는 이야기도 못 하는데 다른 일을 찾을 자신이 없어요. 저 어쩌죠?

호스트바가 남자애들이 여자 손님 접대하는 술집이지? 손님 원하는 대로 노래하고 춤추고 술 마시고…. 그러다 보니 당연히 다른 알바랑 비교가 안 되게 보수가 높을 거야. 나는 이런 이야기 들으면 마음이 아파요. 학자금 대출이라는 빚이 없으면 애초에 이런 일할 생각도 안 했을 텐데. 공부할 시간도 없는 대학생들이 이런 선택을 할 수밖에 없는 게 우리나라의 문제인 거 같아.

그러나 엄마로서 또 할머니로서 말하는데, 당장 그만둬 이 새끼야!

　　이제 학자금 다 갚았으니까 다른 아르바이트 찾아. 만약에 거기서 한 100만 원 번다면, 고생은 좀 더 할지라도 건전한 일 하면서 30만 원 벌어. 과거는 모여서 다 인생이 돼요. 앞으로 무슨 일하며 살지 모르지만 혹시라도 이다음에 직장에 들어갔을 때, 결혼 상대가 생겼을 때, 내 과거의 일부, 내 인생 전체를 놓고 봤을 때 100분의 1도 안 되는 오점 때문에 모든 게 틀어질 수가 있어. 그러니까 내 미래를 위험하게 하는 과거는 아예 남기지 마!

할 일 다 하고
왜 욕을 먹냐

다섯 살, 세 살 두 아이 엄마입니다. 제 평생의 나쁜 습관은 할 일을 자꾸 미루는 거예요. 청소나 빨래는 물론이고 모든 집안일을 미뤘다 몰아서 합니다. 맞벌이하느라 바빠서 어쩔 수 없다고 스스로 합리화해봐도 사실 전업주부일 때도 그랬으니 이건 역시 문제가 있죠?

게으름이 인간 원죄 중에 하나야. 나는 게으른 사람을 정말 싫어해. 내가 당당하게 이렇게 말할 수 있는 건 나는 내가 볼 때도 너무 부지런하거든. 얼마 전에도 기자하고 인터뷰를 했는데 '지금 선생님 연세에 이렇게 왕성하게 활동하시는 비결이 뭐라고 생각하세요?' 하고 물어봐. 답은 간단해요. 다 내가 부지런해서야.

우리 집에 일 도와주는 아주머니가 오지만 나는 아직도 5시에 일어나. 내 식구들 밥은 내 손으로 차리고 내 속옷도 내가 빨아 입지 도우미 아줌마 안 줘. 촬영장에도 무조건 1시간 전에 가. 이렇게 평생을 살아서 난 정말 부지런한 거에는 떳떳하고 자신이 있어.

청소고 빨래고 당연히 하기 싫지. 그거 누가 하고 싶냐. 그 싫은 걸 해내니까 나 스스로 자신감이 붙는 거야.

아유, 저거 언제 다 하냐 싶다가도
밀린 집안일 싹 해치우면 개운해.
스스로가 기특하고 으쓱하고 그래.

해야 되는데, 해야 되는데, 이러다가 몰아서 하는 게 나쁜 건 할 일은 다 하면서도 '아 나는 왜 이렇게 게으르지?' 하고 내가 나를 깎아 먹게 돼서 그래.

그럴 거면 청소고 빨래고 아예 태평하게 하지 마. 삼복더위에 속옷 위아래로 안 빤 거 한 달씩 입어. 아마 삭아서 문드러질 거다. 남편도 애들도 여름에 땀내 나는 거 한 달씩 입혀. 그러고도 죄책감 느끼지 않을 거 같으면 그냥 게으르게 살아요. 아니면 미리미리 해. 할 거 다 하고 욕먹지 말고.

잘못을 되감기 할 기회는 많이 오지 않아

도둑질을 했어요. 처음엔 식탁 위에 있는 천 원짜리, 아빠 저금통에 든 동전 꺼내 쓰는 게 전부였거든요. 그러다 엄마 지갑에서 만 원짜리를 꺼내기 시작했어요. 이틀 전에는 편의점에서 사탕 하나를 몰래 가지고 나왔고요. 다른 사람 물건을 훔친 건 처음이에요. 이러면 안 된다는 걸 알면서도 참아지지가 않아요.

엄마, 아빠 돈에 손대는 것도 나쁜 짓인데 남의 물건에 손까지 댔으니 넌 진짜 도둑이야. 서너 살 때야 뭣 모르고 식탁에 있는 동전 집어다 과자 사 먹을 수 있어. 근데 너는 지금 나쁜 짓인 거 알면서도 훔치는 거잖아. 너 이 새끼, 바늘 도둑이 소도둑 된다는 말 몰라? 뉴스에 나오는 전과자들이 처음부터 남의 물건 훔치고 은행 터는 줄 알아? 다 너처럼 사탕 하나로 시작한 거야. 처음 한 번이 어렵지 그다음은 순식간이야.

너 편의점에 CCTV 있는 거 알지? 거기 너 하는 짓 다 찍혔어. 동네 방네 도둑질했다고 소문나기 전에 얼른 가서 '제가 며칠 전에 사탕 사러 왔는데 계산하는 걸 깜빡하고 그냥 나온 것 같아요' 하고 돈 내.

살면서 내가 저지른 잘못을
되감기 할 수 있는 기회는 많지 않아요.

엎지른 물은 주워 담을 수 없는 법인데 지금이라면 주워 담을 수 있어. 늦지 않았어. 그러니까 되감기 하고 다시는 똑같은 잘못 저지르지 마세요.

아끼다 똥 되는 너 때문에
내 기분이 똥이다

아끼다 똥 만드는 스타일, 그게 바로 저예요. 비싸고 좋은 화장품 선물 받으면요, 너무 아까워서 조금씩 쓰다 유통기한 다 지나서 버리고요. 비싼 그릇은 사서 10년째 못 쓰고 고이 모셔두고 있습니다. 남편이 사준 한우는 아까워서 못 먹다가 상해서 버리는 스타일이에요. 이런 제가 너무 답답한데 어떻게 고치죠?

내 또래 할마씨나 그러고 살지, 젊은 게 왜 그러고 사냐. 10년째 못 쓰는 그릇 나 줘. 가지고 와. 내가 아주 헌 그릇 만들어서 줄게. 이럼 또 남 주긴 싫어서 우물우물댈 거야. 가만 보면 이런 사람 은근히 많아요. 어떤 집은 고급스러운 접시를 그냥 찬장에 전시만 하고 안 써. 내 상식으로는 그것도 이해가 안 되지만 그건 뭐 개인 선택이니까 넘어간다 치자. 아니, 그 아까운 한우를 유통기한 지나서 썩혀? 그냥 처먹어. 고기 사 오면 아예 얼릴 생각 하지 말고 그날 다 먹어. 배 터져도 그날 먹어 치워. 이런 집은 냉동실을 아주 없애버려야 돼. 꼭 좋은 한우를 사다 줘도 그 신선한 걸 갖다가 고스란히 냉동실 올려두고 1년 뒤에 어머 여기 고기가 있었네, 이 지랄해. 그거 좋은 거 아니야. 고치세요. 고민이라고 상담까지 할 정도면 아끼는 게 내 장점이 아니고 단점이라는 걸 아는 거야.

비싸고 좋은 거 아끼다 똥 만들지 말고 값나갈 때 마음껏 즐겨. 인생에 광이 날 거야.

남보다 야시러운
나를 받아들이세요

저는 저질 음란 대마왕입니다. 제 머릿속엔 똥만 가득해요. 어떤 상황에서도 19금 저질 생각이 먼저 떠올라요. 숫자를 봐도 저에게 69라는 숫자는 정말 야한 숫자예요. 일명 '69자세'라는 체위가 상상돼서 얼굴이 막 붉어져요. 선생님, 저 진짜 뭐가 되려고 이럴까요?

69자세까지 알 것 같으면 너, 많이 해봤냐?

성욕이 왕성한 건 건강한 거야. 유난히 식탐이 강한 사람이 있고 음악을 광적으로 좋아하는 사람이 있고 옷을 좋아하는 사람이 있고 그렇잖아. 이 사람은 유난히 그쪽 분야에 발달이 돼서 취미가 있는 거야. 자기 머릿속으로 뭘 떠올리면서 자기 얼굴 붉히는 거야 자유지. 마귀가 쓰였다고 할 정도는 아니네요. 하지만 마귀에 지배를 받아서 남에게 어떤 식으로든 불쾌감을 주거나 피해를 끼칠 행동은 하지 마세요. 인생 조집니다.

본인이 이쪽으로 관심이 유별난 걸 알면, 항상 깨어있고 조심해. 이성을 잃지 않게, 분별력 잃지 않게 늘 맑은 정신을 유지하세요.

마귀 씌었다고 핑계대지 말고, 정신력 강하게 유지하면서 남보다 야시러운 자신을 받아들이고 즐기세요.

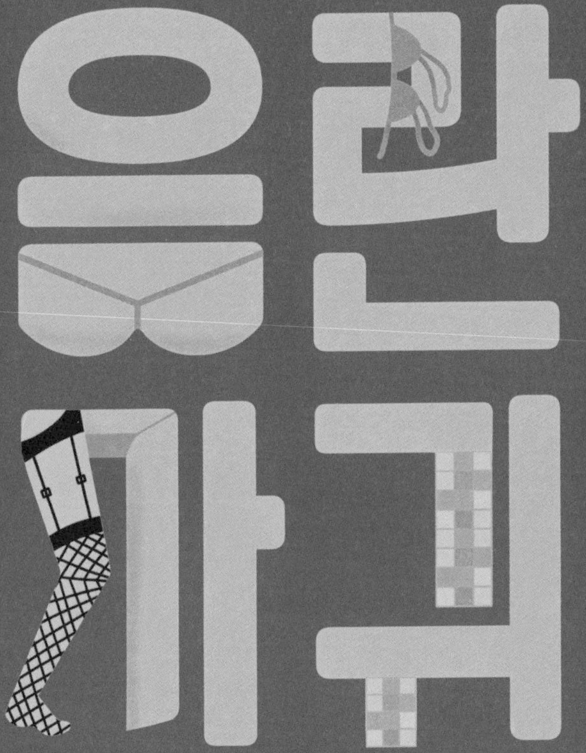
음란

따라 하고 자꾸 하다 보면 잘 돼,
요리도 인생도

선생님은 언제부터 요리를 잘하셨나요? 저는 요리를 너무 못해요. 인기 있는 레시피 보면서 만들어도 이상하게 제가 하면 맛이 없어요. 가족들도 맛없다고 잘 안 먹어요. 요리도 하다 보면 늘까요?

너 〈수미네 반찬〉 안 봐? 봐! 보고 배우세요. 시청자 댓글 보면 방송 보고 나이 오십에 김치 처음 담가봤는데 너무 맛있대. 그니까 보고 따라 해. 근데 나랑 똑같이 해. 뭐 한 숟갈씩 더 넣지 말고.

꼭 자신 없는 것들이 불안하니까 뭘 더 넣다가 망해.

나는 원래 요리 못했어요. 엄마가 해주는 것만 먹을 줄 알았지. 내가 고향이 군산인데 우리 아버지가 중학교 1학년 때 서울로 유학을 보냈어. 그때는 군산에서 서울까지 기차로 11시간 걸렸거든. 부모님은 농사짓느라 못 올라오시고, 나도 아무것도 해먹을 줄 모르니까 정말 많이 굶었지. 냉장고도 없던 시절이라서 김치도 하루 지나면 쉬어 터져서 못 먹었어.

결혼하고 나서도 요리에 취미 없었어. 그러다 우리 아들, 첫 아이 임신했을 때 입덧이 너무 심해서 물만 마셔도 토를 하는 거야. 아무것도 못 넘기겠는데 풀치라고, 갈치 새끼를 풀치라고 하거든. 우리 엄마가 해줬던 풀치조림하고 겉절이 한 입만 먹으면 입덧이 싹 가

◇

라앉을 것 같아. 근데 우리 엄마가 나 열여덟 살에 돌아가셨어. 엄마 음식이 먹고 싶어 죽겠는데 먹을 수가 없잖아. 군산 가서 우리 엄마 무덤 잔디를 막 뽑으면서 엉엉 울었어. 나 이렇게 힘든데 왜 일찍 돌아가셨냐고. 그러다 아기 낳고 어느 날 아, 그 풀치조림 한 번 만들어볼까 싶더라고.

그래서 군산에서 풀치 말린 거 주문을 했지. 엄마가 그때 약간 짭조름하게 했는데, 옛 기억 더듬더듬해가면서 한 세 번 쯤 하니까 그 맛이 나. 겉절이도 우리 엄마가 새우젓하고 멸치액젓 넣던 게 어렴풋이 기억나서 따라 하니까 그 맛이야. 그래서 조물조물 무쳐서 한 상 차려놨더니 우리 남편이 너무 맛있다는 거야. 그때 요리에 자신을 얻었어. 맛있다 그러니까 재밌더라고.

요리도 인생도 똑같아.
처음부터 잘하는 사람 없어.
엄마 하던 거, 남들 하는 거
따라 하고 자꾸 하다 보면 늘어.
그러다 보면 내 맛도 낼 줄 알게 되지.

요리하는 재미가 이런 거 같아. 물론 요즘 시대야 반찬 가게 가면 맛있는 거 다 살 수 있지만, 내 손으로 직접 요리해서 가족들 앞에 딱 냈을 때 어, 맛있네? 당신이 했어? 엄마가 했어? 이럴 때 어깨가 으쓱 올라가는 느낌. 그런 게 참 좋아. 그걸 맛보세요. 그게 마약이야.

속아 넘어간 내 탓 말고
깨달은 나를 칭찬해

사이비 종교에 빠져 5년을 개고생했습니다. 본인이 하나님이라는 미친놈을 믿고 20대 소중한 시절을 다 버린 후에야 겨우 도망쳐 나왔네요. 증거가 없어서 고소할 용기도 엄두도 안 나요. 아직도 이 미친놈을 하나님이라고 생각하는 멍청이들에게 시원한 욕 한 사발 부탁드려요.

탐사 보도 프로그램 보면 무서운 사이비 종교 단체 나오잖아. 이런 종교에 빠진 사람들 보면 대학교수도 있어. 그니까 바보들만 빠지는 게 아니야. 배울 만큼 배운 사람도 혹할 만큼 세뇌를 시키는 거지. 얼마나 말을 잘하고 사기를 잘 치면 지가 하나님이라고 얘기하는 거에 속겠냐고. 그 안에 있을 땐 누가 뭐래도 나쁘다는 생각이 안 든대. 나중에 정신 차렸을 땐 이미 늦은 거고. 인생에 5년이면 결코 짧다고 할 수 없는 시간이지만 지금 30대면 뭐든 다시 시작할 수 있는 나이잖아. 빨리 헤어나서 정말 다행이에요. 속아 넘어간 나를 탓하지 말고 깨닫고 탈출한 나를 칭찬해.

그리고 그 사이비 교주는 꼭 SBS 〈그것이 알고 싶다〉에 제보하세요. 교도소 보내서 콩밥 먹여 줄 거야. 넌 정신 차리고 네 인생 살아. 욕하는 입이 아깝고 후회하는 시간이 아까워.

수렁에서 겨우 기어 올라온 거니까
남들보다 더 독하게 새 인생 살아.

이런 사람 만날 때
난 참 기분이 좋아요

40대

고등학생 딸, 중학생 아들을 둔 워킹맘입니다. IMF 여파로 대학 졸업 못했던 게 내내 한으로 남아 몇 년 전 디지털대학 사회복지과에 입학했습니다. 공부 열심히 해서 나름 국가 장학금 받는 장학생이에요. 공부에 욕심이 붙어 사회복지 공무원 시험에도 도전해보고 싶은데 괜히 아까운 시간만 날리는 건 아닌지, 걱정이 앞서요.

나는 참 이런 사람 참 좋아해. 보고만 있어도 건강해지는 것 같잖아. 사회복지 공무원은 나이가 마흔이 넘어도 시험도 칠 수 있고 합격도 할 수 있나 봐. 아주 마음에 들어. 이 직업 참 괜찮네. 마흔에 도전할 수 있는 시험이 많은 게 아닌데 놓치면 되겠어요? 꼭 도전해야지.

요즘 우리나라 경제가 심각한 수준인데, 나는 이걸 극복하려면 엄마들이 더 공부를 하고 계속 사회에 나와야 한다고 봐. 주부들이 정신 바짝 차려야 돼.

허리띠 꽉 매는 것도 중요한데
앞으로는 머리띠도 꽉 매고
공부를 열심히 해서 뭐든 배워야 돼.
그렇게 스스로를 개발해야 돼.

아까운 시간 날리는 거 아니에요. 걱정하지 말아요. 장학생이라고 하니까 공부도 잘하나 보다. 시험도 꼭 합격했으면 좋겠어요. 물론

학교 다니면서 공부하고 직장 생활까지 하려면 피곤하고 만사 귀찮아질 때가 올 거야. 이렇게 열심히 사는데 안 피곤하겠니? 그때마다 제 말이 힘이 됐으면 좋겠어요.

참 존경스럽습니다. 내가 한 수 배워요.

나이 먹으면 꽃 시드는 것처럼 꿈도 시드는 줄 아는데 그거 아니거든요. 얼굴에 주름져도 마음에는 주름이 안 져. 의욕도 있고 기운 있고 재주도 있어. 그런데도 주변에서 무리라고 못한다고 얘길 하면 그럼 아, 그런가 보다 하고 포기하게 되는 거야. 나는 정말 내 또래는 물론이지만 지금 50대 40대 보면 재주 많고 재능 많은 사람들이 일찍 시든 거 같아서 어쩔 땐 참 아까워. 근데, 아스팔트에서도 냉이꽃 핀다고. 이렇게 애들 키우면서 살림하면서 회사 다니면서 아등바등 꽃피는 사람도 있네. 얼마나 기특하고 예뻐요. 그래서 난 이런 사람 만나면 참 반가워요. 기분이 좋아요.

노력하고
기다리고
기다리면
꽃이 피기
마련입니다.

수미 TALK 📱

선생님은 살면서 가장 후회하는
일이 뭐예요?

결혼

ㅋㅋㅋㅋㅋㅋㅋㅋㅋㅋㅋㅋㅋㅋㅋㅋㅋㅋ 😄

누구나 들으면 기분 좋아지는
한마디 꼭 있잖아요. 선생님도 있어요?

선생님 너무 예뻐요

이거

아직 여자랍니다

선생님 너무 예뻐요~

좋은 말은 앉아서 절 받기라도 좋더라

진짜로요! 특히 피부가 정말 좋아요! 👍
특별한 관리법 있을까요?

너 말 한 번 잘했다! 이참에 다들 배워

오이를 강판에 갈아서 국물 쭉 짜버리고
밀가루 요만치 넣고 섞어

그다음에 반듯이 누워서
얼굴에 수건 깔고 오이 간 거를 올려

15분 있다 씻어내면 아주 뽀얘져

 우와!! 여배우 미모 미결!!!!

선생님 인생이 영화라면 어떤 영화일까요?

흑백영화

컬러일 거 같고 화려할 거 같아도 안 그래

부모님도 일찍 돌아가셨고
객지에서 고생도 많이 했어

여기저기 눈물자국 찍히고 군데군데 닳아 있는
흑백영화 같은 그런 인생이야

 아주 멋진 필름이네요. 선생님.

누가 날 엿 먹일 때는 이렇게 생각하세요.

내가 더 크라고, 단단해지라고, 강해지라고

세상이 주는 선물이라고, 다 경험이라고.

근데 이미 충분히 크고 단단하고 강하면

니미 염병할 선물이고 뭐고 누가 달랬냐,

보란 듯이 걷어차고 앞으로 나가세요.

김 수 미 의   시 방 상 담 소

2장   **일**

입 추행 이게
더 더러워

"직장 상사가 제가 좋대요. 싫다는 데도 '공주님~♥' 이러면서 계속 이상한 갠톡을 보내요. 너무 소름 끼치는데 어떻게 하죠."

어디를 꼭 만져야만 성추행이 아니냐. 입 추행, 이게 더 더러워. 상사고 사장이고 뭐고 간에 싫다고 딱 부러지게 말해. 저 이런 카톡 정말 싫습니다. 보낸 카톡 다 정리해두었습니다. 이렇게 듣는 사람이 '어? 이거 협박인가?' 살 떨리게 말을 해. 그러고서 만약에 왕따를 시킨다든가 업무적으로 불이익을 준다든가 어떤 식으로든 괴롭히면 출판사에 연락해.

내가 찾아갈게.
이 새끼 진짜 가만 안 둬.

진짜 또라이야 이거. 이런 새끼는 신고해야 돼. 신고했다고 괴롭히면 얘기해. 반 죽이고 뭐 그런 거 없어. 다 죽여야 돼. 나 아니더라도 주변에 이렇게 얘기해줄 언니나 동생 많을 거야. 그런 사람 붙들고 얘기를 해. 그리고 들어. 그놈이 얼마나 이상한 짓을 하는지, 지금 네가 불편하고 소름 끼치는 게 얼마나 당연한 일인지 자꾸자꾸 들어야 용기를 낼 수 있어. 당당하게 화내. 절대 움츠러들지 마.

아유, 더럽다. 기분 더러워.
주변에 많이 알리고 응원받아서
기억에 남기기도 더러운 말
걸레질하듯 빡빡 닦아버리세요.

성격대로 살고 싶으면
몸부터 챙기세요

서른여덟 살까지 쉬지 않고 일만 했어요. 프리랜서라 한 번 쉬면 일 끊길까 봐 일 들어오는 족족 다 했습니다. 그러다 몇 달 전 쓰러지게 됐고요. 의사 선생님이 심각한 병은 아니지만 지금 몸 관리를 안 하면 큰일 날 수 있다고, 두 달 정도 푹 쉬라고 하셨거든요. 그래서 한 달째 쉬고 아무것도 안 하고 있는데…. 제가 너무 쓸모없는 사람 같습니다. 저 일 중독 맞죠?

◇

83

나하고 조금 비슷하네. 내가 그래. 집에 도우미 아주머니가 계시는데도 집에 있으면 궁둥이 붙이고 앉아 있을 때가 없어. 걸레질도 내가 하고 빨래도 내가 하고 청소도 내가 해야 직성이 풀려. 참 나는 성격이 왜 그럴까, 나도 가끔 나한테 물어봐. 전생에 중전, 희빈이 아니고 죽도록 일만 해대는 어디 침방 나인이었나 싶어.

여유 있게 음악 듣고 책 읽는 것도 좋은데 오래 쉬면 불안해. 집에 있으면 쉬어야 되잖아. 근데 이거 듣고 뭐해야겠다, 여기까지 읽고 뭐해야겠다, 할 일을 속으로 죽 늘어놔. 이게 타고난 성격인 것 같아. 내가 차로 태어났으면 딱 용달차였을 거야. 매일 매일 물건 싣고 다니는 큰 트럭.

그러나 나는 건강도 아주 부지런히 챙긴다. 아주 운동도 열심히 하고 내가 좋아하는 사우나도 자주 하면서 충분히 휴식을 취해. 그래서 아직까지 큰 병이 없잖니.

병원도 수시로 들락날락해. 우리 주치의한테 가서 내가 지금 어디가 상태가 안 좋은가 미리 체크를 해. 부지런을 떨 때는 이렇게 공평하게 부지런을 떨어야 탈이 안나. 저 내키는 대로 일만 하려고 들면 몸에 무리가 옵니다.

일 안 하고 못 배기는 스타일로
태어났으면 몸부터 챙겨.
들어오는 일 다 해도 끄떡없게
건강 챙겨가면서 원껏 일하며 사세요

몸 생각 안 하고 일하다가 억지로 쉬려고 하니까 얼마나 발가락이 간지럽냐. 오히려 쉬는 게 더 스트레스야 이런 타입은. 그러니까 성격대로 살라면 몸 챙겨. 일 중독도 아무나 하는 게 아니야.

꿈꾸는 시절에 미안한데
꿈 깨세요

40대

마흔두 살 가장입니다. 배우 시절 연극 〈오아시스 세탁소 습격 사건〉 무대에서 와이프를 만났어요. 결혼 후 공연과 강의를 하면서 지내다 두 아이 아빠가 된 후 생계를 위해 꿈을 접고 작은 사업을 시작했습니다. 하지만 사업은 점점 어려워지고 시간이 흐를수록 무대가 그리워요. 무대로 돌아가면 경제적으로 어려워질 텐데…. 그렇다고 이대로 꿈을 포기해야 하는 걸까요?

우리나라 연극 시장이 옛날부터 여유가 없어요. 나는 우리 배우 후배들 꿈을 깨고 싶지 않아요. 그러니까 사실만 얘기할게요. 송강호 씨, 최민식 씨, 마동석 씨 이런 사람들 다 연극했어요. 연극하다가 영화감독 콜 받고 지금 최고 개런티를 받는 대한민국 배우가 된 건 사실이에요. 근데 이건 정말 하늘 위에서 실을 한 올 던져서 그게 바늘귀에 저절로 들어갈 만큼 특별한 케이스예요.

누구나 연극이든 영화든, 이쪽 계통 일에 일단 맛을 본 사람은 늘 연기하고 싶어 하지. 정말 사랑에 빠지는 거랑 똑같아. 그래서 항상 꿈을 못 버려. 우리 탤런트 후배들 중에도 지금 일이 없어가지고 노는 남자들이 너무 많아. 배우는 많고 일은 없고, 지금 상황이 그래.

다들 꿈꾸라고 말하는 시절에
정말 미안해요.
그 꿈 접으세요. 깨세요.
일단 생계가 먼저예요.

아이가 있으니까 생계를 놓고 꿈만 꿀 수도 없는 노릇이거든. 아이들 눈을 보세요. 앞으로 학원비며 교육보험비며 얼마 들어갈 텐데, 그럼 한 달에 얼마 벌어야겠구나, 계획을 세우세요. 내 아이라는 가장 정확한 현실을 보고 일하세요. 나는 왜 내가 하고 싶은 일을 못할까, 너무 불행하다. 이런 생각하지 말아요. 하고 싶은 일 하면서 사는 별로 사람 없어. 직장 생활 하는 사람 80퍼센트가 지금 다니는 회사 적성에 맞느냐고 물어보면 다 안 맞는다고 그래. 죽지 못해 다닌다 그래.

이 사람들도 다 꿈이 있었어. 누구는 선생님 되고 싶었고, 누구는 가수가 되고 싶었어. 그 사람들은 아마 한번 포기한 꿈 이루려면 정말 힘들 거야. 나이 먹을수록 꿈에서 멀어질 거야. 그래서 마흔을 어느 소설에서는 '다시는 열 수 없는 문을 닫고 돌아서는 나이'라고 했어. 포기 못 하고 내내 붙잡고 있던 걸 놓는 나이거든.

근데 배우는 안 놔도 돼요. 그 꿈 나중에도 이룰 수 있어요. 마흔, 쉰, 예순, 일흔 먹고도 얼마든지 연기할 수 있어요. 속에 쌓인 세월이 많을수록, 좋은 배우가 됩니다. 그러니까 그 꿈을 이루기 위해 꿈을 접으세요.

사람은 제일 힘든 시기에
제일 좋은 걸 만들어

저는 지금 에티오피아에 있는 회사 공장에 3개월 출장을 나와 있습니다. 요즘 같은 시기에 졸업하고 바로 취직이 된 건 정말 감사한 일인데, 낯선 곳에서 혼자 지내려니 너무 힘이 듭니다. 인터넷도 잘 안 되고 퇴근하면 한국 시간으론 새벽 한 시라 한국에 있는 가족과 남자친구랑 전화 통화 한 번 하기도 어려워요. 이러다 향수병 걸릴 거 같은데 저 어떻게 견디죠?

내가 방법 하나 알려줄까? 도톰한 노트를 사서 일기를 쓰세요. '에티오피아에서 몇 년 몇 월 며칠 나의 일기' 하고. 오늘 이랬고 저랬고, 웃긴 일이랑 울적한 일 차근차근 적어보세요. 쓸 일 없으면 엄마나 남자친구에게 편지를 써도 좋고. 정 없으면 나한테 써. 이 3개월 치 일기는 한국에 돌아와서도 평생의 보물로 남을 거예요.

난 중학생 때부터 지금까지 매일 새벽 일기를 써. 딱 눈뜨면 커피 한 잔 연하게 타서 침대 위에 있는 일기장부터 펼쳐. 그리고 거기다 어제 있었던 일을 써. '어제 어떤 시발놈이 나한테 개지랄해서 깨부수고 녹화 안 하고 뛰쳐나왔다' 이런 거. 아니면 '어제 열무김치, 물김치, 갓김치, 깻잎김치 담갔다. 너무 맛있다. 다음 주에 누구누구 불러서 밥 먹어야지' 이런 거. 어떤 날은 너무 쓸 게 없어서 '어제 날씨 오지게 흐림' 하고 끝이야. 이게 보물이 되거든요? 거기 내 힘든 날, 좋은 날이 다 들어 있어. 특히 힘든 날은 구구절절 주옥같아. 원래 사람은 제일 힘들 때 제일 좋은 걸 만들어내기도 해.

살다가 힘들 때마다 일기를 열어보면 '에티오피아에서 이렇게도 힘든 시기도 견뎠는데' 하고 웃을 수 있을 거야.

떼먹을 게 없어서
어린애 시간을 떼먹냐

제가 편의점에서 시급 받고 일하거든요. 제 뒤 타임이 사장님인데 꼭 30~40분씩 늦게 와서 항상 일을 더 하게 만들어요. 그래서 '늦은 시간까지 계산해서 알바비 주세요'라고 했더니 어린 애가 돈만 밝힌다고 뭐라고 하는 거 있죠? 일한 만큼 돈 달라는 게 잘못인가요?

편의점 사장이라는 놈이 시급 뜻을 몰라? 시급이 1시간에 몇천 원, 일한 만큼 돈 받는 건데 그거 달라는 게 잘못이냐. 떼먹을 게 없어서 그 나이 처먹고 애 시간을 떼먹어.

한창나이에 하고 싶은 거 참고
자기 시간을 헐값에 파는 애한테
1분 1초가 얼마나 귀하겠냐.
근데 왜 그걸 날로 처먹어!

그놈 하는 짓이 애들 주머니에 손 넣어 돈 뺏는 거랑 뭐가 달라. 어쩌다 30분 늦는 건 더럽고 치사해도 계속 붙어서 일해야겠다 싶으면 눈 딱 감고 넘어갈 수도 있어. 근데 매번 늦는다는 건 너무 의도적인 거야. 창피하지도 않냐. 이 사장 새끼 아주 못쓰겠네. 줄 건 줘라. 내가 약이 오르네. 어린 애가 왜 이렇게 돈을 밝히냐고? 늙었다고 돈 안 밝히냐? 돈은 어리나 늙으나 밝히는 거야. 너, 일한 만큼 돈 받아내. 아주 돈 귀신 붙은 거 마냥 달라붙어서 악착같이 받아내!

나라에서 정해놓은 최저 시급을
저 맘대로 또 쥐어짜. 쥐어 터질라고.

거짓말은 사람 파먹는
곰팡이야

올해 서른 살, 고등학교 졸업하자마자 취직해 벌써 직장
생활 10년 차입니다. 사회초년생 때는 실수할 때마다 잘
못했다고 얘기했었는데요, 그때마다 돌아오는 건 한심
하다는 표정과 비난의 눈초리였어요. 그래서 방어하기
위해 조금씩 거짓말을 하게 됐는데 이젠 아버지가 편찮
으시다는 하지 말아야 할 거짓말까지 하게 됐습니다. 왜
이렇게까지 됐을까요? 다시 돌아갈 수 있을까요?

옛말에 바늘 도둑이 소도둑 된다고 그랬어. 처음에는 정말 바늘 하나 훔쳐. 그다음엔 몽둥이, 그다음엔 솥뚜껑…그러다 소 훔치는 거야. 저는 개인적으로 거짓말하는 걸 정말 싫어하거든요. 거짓말은 사람을 망쳐요. 아무리 맛있는 음식도 귀퉁이에 곰팡이 피면 전부 상한 거야. 거짓말도 똑같아요.

일 못 해도 좋아. 잘려도 괜찮아. 한 가지, 거짓말은 하지 마세요.

아버지가 편찮으셔서 병원 다녀오느라 늦었다. 정신이 없었다. 얘기하면 당연히 믿어주지. 이렇게 한두 번 넘어가잖아? 그러면 그다음에 삼촌, 엄마, 이모, 할머니 찾고 나중에는 누구 돌아가셨다고 그래. 거짓말은 습관이야. 회사에서 하던 거짓말은 친구들한테도 하고 이제 가족한테도 하게 돼. 이러다 보면 신뢰성을 잃어. 사람이 신뢰성을 잃으면 직장 생활이 아니라 사회생활 자체에 문제가 생겨요. 그러니까 앞으로 절대 거짓말하지 마.

부모는 절망 속에서도
자식 키울 방법은 찾아내

갓 돌 지난 딸 하나 둔 서른여덟 살 가장입니다. 안 되
는 거 알면서, 식당 하나 있는 거 못 접고 억지로 버티다
가 결국에는 점포랑 집이랑 다 넘어갔네요. 빨리 접을
걸…. 집에 있는 아내랑 딸 생각하지 않고 미련 떨다가
가족까지 힘들게 한 이 못난 가장을 욕해주세요.

지금 우리나라 경제에서 제일 버티기 힘든 분야가 외식사업, 제일 힘든 사람들이 자영업자야. 우리 동네도 보면 음식점 문 닫은 데도 많고 오래 비어있는 공실도 많아요. 왜냐면 경제가 어려울수록 사람들이 허리띠부터 졸라매고 외식을 줄이거든.

지금 후회스러운 게 조금 안될 때 빨리 접을 걸, 이런 마음일 텐데 대개 장사하는 사람들이 이렇게 마음 접기가 쉽지 않아요. 다음 달은 잘되겠지, 조금만 버티면 금방 풀리겠지, 하다가 그나마 있던 거 후루룩 까먹고 말아. 이게 장사 시작할 때 있는 돈 없는 돈 다 끌어 모아서 시작하는데 전 재산 놓기가 쉽겠어.

집에 식당에 다 잃은 상황이면 마음이 너무 힘들겠네. 지금 경제적으로 매우 고달픈 상황이야. 딸이 한 살이면 지금 한참 이것저것 돈 들어가고 신경 쓸 때도 많을 때인데 아내도 얼마나 고단하겠냐.

그러나 겨우 서른여덟이다.
절망하기에는 너무 이른 나이에요.

아내랑 머리 맞대고 우리 딸 어떻게 키울까, 이것만 연구하세요.

부모는 아무리 힘든 상황에서도
자식새끼 키울 방법은 찾아내.
그 방법으로 자신도 살리세요. 사세요.

그리고 이렇게 힘들어하는 이 땅 자영업자가 수만 명이야. 너 혼자 힘든 거 아니니까 정신 바짝 차리고 용기 내. 그런 의미로 욕은 안 할게.

취업 안 됐다고 빵점이냐, 설불리 점수 매기지 마

20대 중반 취준생입니다. 취업 준비하다가 2~3년을 까먹고 나니 제 인생이 '빵점' 같아요. 자꾸 뒤처진 것 같고 제 자신이 덜떨어졌다는 생각만 들어요. 평정심을 갖고 다시 처음과 같은 마음으로 취직 준비를 하려고 해도 답답하고 우울해집니다. 다시 힘내는 방법, 있을까요?

너 혼자 취직 못해 고민이라면 너 말마따나 덜떨어지고 뒤처진 게 맞아. 근데 지금 대한민국 몇천만 명이 같은 고민을 하고 있어요. 어제 뉴스를 보니까 정부에서도 우리나라 20대 취업난을 사회 문제로 인식하고 대책을 찾고 있어. 대한민국 정부가 할 일 없어서 못난 애들 일자리 찾아준다고 나섰겠냐. 잘난 애들도 취업이 안 되는 문제 상황이라 발 벗고 나선 거지.

대학 졸업해 바로 취직하고 몇 년 일하다 결혼하고 아이 낳아야 100점 인생이야? 아니에요. 그 인생이 또 어느 지점에서 어떻게 될지 아무도 모르는 거야.

인생 점수는 관 뚜껑 닫을 때나 매기는 거야. 그러니까 큰 그림을 그려. 지금은 많이 힘들겠지만 우울해하지 말고 긍정적인 마음으로 계속 준비하다 보면 문은 열립니다. 나는 기독교 신자기 때문에 힘들 때 잠언을 보고 성경을 많이 읽어요. '두드리라, 그럼 열릴 것이다.' 내가 참 좋아하는 말이거든. 믿고 계속 두드리세요. 같은 문제로 고민하는 모든 대한민국의 청년들에게도 위로와 응원을 전합니다. 네 잘될 거예요. 그리고 짚고 넘어갈 건 짚고 넘어가자. 스물다섯 살이면 막 늦은 나이도 아니야. 너 서른다섯 살인데 취직 못 하는 애들한테 처맞아.

사회생활 자체가
억울한 거 투성이야

같이 아르바이트하는 언니랑 오빠가 너무 일을 안 해요.
안 그래도 이것 때문에 스트레스받고 있었는데 얼마 전
에 점장님이 저만 불러서 같이 일하는 알바생들이 저 때
문에 힘들어한다고, 일 좀 열심히 하라고 하는 거 있죠?
저 진짜 너무 억울해요. 그냥 그만둘까요?

언니, 오빠, 동료가 일을 너무 안 해서 약이 바짝 오르는데 오히려 내가 일 안 하는 사람으로 몰린 거네? 분한 상황인 건 맞는데 이것저것 신경 쓰지 말고 그냥 자기 할 일 최선을 다하세요. 아르바이트도 돈 받고 하는 일이기 때문에 기본적으로 개같을 수밖에 없어. 사회생활 자체가 억울한 일이에요. 억울하면 이 꼴 저 꼴 안 보고 그만두는 것도 방법인데, 다른 데 가면 거기서도 또 똑같아. 그럼 또 그만둬야 해. 왜냐면 개같은 일에 면역력이 없어서 그때도 견딜 수가 없을 거거든. 근데 지금 경험치를 좀 올려놓으면 다음에는 견디기 수월할 거야. 그리고 네가 버티는 동안 그 언니, 오빠들은 알아서 잘려 나가. 점장 정도면 바보 아니거든? 윗사람은 열심히 책임지고 일하는 사람 알아보게 돼 있어. 그러니까 누명을 벗고 싶으면 버텨요. 진실은 늦을 뿐 꼭 밝혀져요.

**그만두는 건 제일 쉬운 선택지야.
그러나 끈기 있게 참아보는 건
힘들지만 해볼 만한 인생 공부야.
한 번 견뎌봐.**

퇴근할 땐 집에 일 달고
들어가는 거 아냐

저희 남편이 학원을 운영하는데 매일 늦게 퇴근하고 집에 와서 잠만 자고 또 아침 일찍 나갑니다. 가족을 책임져야 한다는 의무감 때문인지 어깨가 무거워 보여요. 원래 웃음이 많은 사람인데 요즘은 잘 웃지도 않네요. 남편이 김수미 선생님 욕하실 때마다 빵빵 터지는데 힘내라고 욕 좀 해주세요.

우리 남편 욕 좀 해달라는 얘기는 내가 평생을 들었는데, 또 기운 차리게 욕해달라는 애는 처음이네. 힘이 난다면 까짓것 욕 실컷 처먹어라. 내가 말 놓을게. 남편아, 왜 요새 힘들어? 오죽 힘들어하면 네 부인이 나한테 부탁을 다 하냐. 요즘에 경제 추세가 학원뿐 아니라 전체적으로 침체돼서 다 안 좋거든. 아마 학원도 학원생이 좀 줄지 않았나 싶은데, 그래도 집에 들어갈 때는 힘든 기운을 지우고 가야지. 왜 일 끝났는데 그걸 달고 집에 들어가.

일하고 집하고는 구분을 해야 돼.
두 얼굴이 돼야 돼.

일할 때는 선생님이고 사장님이지만 집에서는 남편만 해. 일하느라 기운 빠져도 집 들어갈 때는 딱 기운 차리고 들어가. 집에서도 기가 죽어 있으니 네 부인 기분이 지금 어떻겠냐. 원래 웃음도 많다는 놈이 요즘 웃지도 않는다며. 그거 옆에서 보는 사람 무너져 이 새끼야! 너 왜 열심히 일하냐. 다 너 부인이랑 행복하게 살려고 하는 거

◇

잖아. 그니까 오늘은 집에 들어가서 와이프 손잡고 얼굴 보고 한바
탕 웃어. 알았냐, 이 새끼야!

기죽지 마. 인생 한 번뿐이야.
돈 없어도 멋있게 살아.

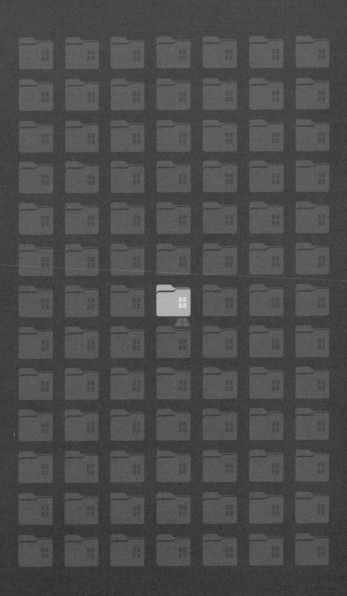

"회사 창을 닫고 업무를 종료합니다."

닫아. 닫으라고 이 새끼야.

직장 파괴왕 같은
소리 하고 앉았네

안녕하세요. 스물여덟 살 직장 파괴왕입니다. 이게 뭔소리냐고요? 제가 직장을 아홉 번 파괴했거든요. 첫 번째 직장부터 마지막 직장까지 총 아홉 곳이 줄줄이 망했답니다. 제가 메이크업 분야에서 일해서 갑자기 망할 일이 거의 없거든요? 근데 저만 들어가면 그렇게 망하네요. 이만하면 파괴왕이라고 할 만하죠? 지금 새 직장 구하고 있는데 이번에는 오래 일할 수 있을까요?

들어가는 직장마다 줄줄이 없어졌다고 해서 처음에는 애초에 망할 직장만 골라 들어가는 재주가 있나 싶었어. 근데 설령 그게 사실이라고 해도 한두 번도 아니고 들어가는 직장마다 없어지면 '내가 정말 파괴왕인가' 그런 생각이 들 것도 같아. 본인이 굉장히 밝게 얘기하고는 있지만 속으로는 나 뭐 문제가 있나? 이런 생각도 하게 될 거거든. 일단 결론부터 얘기하면 아니에요.

지금 메이크업 분야만이 아니라 온 나라 업체, 기업, 업종 경기가 죄다 안 좋아요. 그래서 우리 동네나 방송국 근처도 임대 팻말이 붙은 공실이 참 많아요. 그러니까 혹시라도 내가 들어가면 그 회사가 망하는 거 아닌가? 그런 생각은 절대 하지 마세요. 이 세상에 그럴 일은 절대 없거든요? 만에 하나라도 진짜 직장 파괴왕이라고 하면 그건 로또야. '나를 라이벌 회사에 입사시키세요. 파괴해드립니다.' 해봐. 저기 미국에 실리콘밸리 이런 데서 돈다발 싸 들고 쫓아온다. 한순간에 억만장자 돼. 근데 내가 볼 땐 그럴 가능성 없어. 아마 다음 직장에서 질릴 만큼 일하다가 과장, 차장, 사장 다 해먹을 거다.

목숨 같기도 하고
똥 같기도 한 게 돈이다

편의점 야간 아르바이트 중인데요, 제가 잠시라도 앉아 있으면 점장님한테 바로 전화가 와요. CCTV로 다 보고 있으니까 손님 없다고 자리에 앉아있지 말고 유통기한 지난 제품 없는지, 삐뚤게 진열된 건 없는지, 잔고는 맞는지 체크하라고요. CCTV로 저를 감시하는 점장 밑에서 계속 일을 해야 할까요?

참 목숨 같기도 하고 똥 같기도 한 게 돈이다. 돈 때문에 별 꼴을 다 봐. CCTV로 누가 나를 지켜본다고 생각하면 정말 기분 똥 같지. 근데 또 내 입맛에 딱 맞는 아르바이트 찾기가 하늘의 별 따기일 거고. 기분 더러우면 그만둬. 근데 그만둘 거면 점장한테 'CCTV로 직원 감시하는 거 불법입니다. 인권침해입니다' 하고 똑 부러지게 말해. 조금 더 보태서 '이거 관음증이에요. 다른 사람 몰래 관찰하고 훔쳐보는 거 정신병이에요' 하고 질러. 네 기분에 똥칠한 거 그대로 돌려줘. 그럴 자신 없으면 그만두지 마. 점장이 CCTV로 지켜보거나 말거나 상관하지 말고 앉아서 카메라 렌즈 똑바로 쳐다보면서 쉬고 코 파고 트림도 하고 그래. 전화 와서 이거 해라 저거 해라 하면, 딱 시킨 만큼만 일하고 또 앉아서 쉬고 코 파고 트림해. 점장이 먼저 질려서 너 일 그만두라고 하면 뭘 잘못했냐고 배 째라고 나자빠져.

인간한테나 인간답게 구는 거지.
똥한테는 똥같이 구는 게 답이야.

멀쩡히 살다가도
푹푹 꺼질 때가 있어

20대

스물아홉 살, 한 가정의 남편이자 아빠이자 5년 차 직장 인입니다. 모든 직장인이 그렇겠지만 회사 출근하기가 죽을 만큼 싫어요. 지금도 사무실에 축 늘어져 있습니다. 재밌게 일해 본 적이 언제인지…. 동기부여 한다고 책도 사고 인터넷 강의도 신청했는데 소용없네요. 집에서는 엄청 팔팔한데 회사만 오면 죽을 것 같이 무기력해요. 어떻게 해야 의욕이 날까요?

사는 게 재미도 없고 다 귀찮고 산속 들어가서 '나는 자연인이다' 하고 싶지? 근데 누구는 안 그러냐. 이 새끼야! 다들 죽지 못해 출근해. 살면서 회사 가기 싫어 죽겠다는 놈은 봤어도 가고 싶어 죽겠다는 놈은 못 봤어. 너 학교 다닐 때도 가기 싫어 죽으려고 그랬어. 그걸 초등학교 6년, 중학교 3년, 고등학교 3년, 대학교 4년 동안 했어요. 남자면 군대까지 2년을 또 억지로 갔다 왔을 거 아니야. 넌 이미 하기 싫은 거 하는 데 도가 텄어. 그니까 이 고비만 넘겨. 누구나 멀쩡히 살다가 푹푹 꺼질 때가 있어. 나도 새벽에 촬영 가려고 자다 일어나서 얼굴에 분칠할 때면 이게 뭔 지랄인가 싶어. 맨얼굴로 우리 손주하고 강아지들하고 뒹굴뒹굴하고 싶은데 왜 이러고 사나 싶어. 다 때려치우고 은퇴하고 싶어. 그럴 땐 빨리 자리 털고 일어나야 돼. 거기가 진창이야. 정신 차리고 통과하세요.

무기력은 꼬리가 길어서
한번 늘어지다 보면 한도 끝도 없어.

그 고비 지나면 아침에 눈 뜨는 것부터 달라져.

터널을 막 지났을 때가
가장 눈부신 법이야

스물여섯 작가 지망생입니다. 그저 글 쓰는 게 좋아 장르 가리지 않고 습작하다가 최근 영화와 드라마로 분야를 좁혔습니다. 문제는 예전처럼 글을 못 쓰겠다는 거예요. 뭣 모르고 휘갈겨 쓸 땐 거침없었는데, 이젠 A4용지 한 바닥 채우는 것도 힘듭니다. 슬럼프라고 하기엔 뭐하나 이뤄놓은 것도 없는데⋯. 열심히 써야 하는데 왜 이럴까요?

글이라는 게 설거지나 못 박기처럼 힘줘서 끝낼 수 있는 일이 아니잖아요. 글은 머리랑 가슴에서 천천히 우려야 되는 거니까. 지금 이분은 글 쓰는 데 필요한 에너지가, 감정이 고갈된 거 같아. 차에 기름 떨어지면 주유소 가서 기름 넣어야지 엑셀 밟아봤자 아무 소용없어요. 기름 넣으세요. 가볍게 한 이틀이라도 어디 여행 좀 가서 머리 좀 식히는 시간이 필요할 거 같아. 영화랑 드라마 쓸 거면 로맨틱한 영화도 좀 많이 보세요. 추천해요.

작가가 글이 제일 잘 나올 때, 화가가 그림을 제일 잘 그릴 때가 언제냐면 막 터널을 지났을 때야. 코코 샤넬이 제일 유명한 NO. 5 향수를 만들었을 때가 언제냐면, 세 번째 연애에서 실패했을 때거든. 그때 죽도록 열병을 앓고 나서 다시 일어나야지, 하고 만든 게 바로 NO. 5예요. 그러니까 터널을 지나면 빛이 들 거예요.

정말 좋은 직업을 택했어. 글은 꼭 어디를 출근해야 되는 것도 아니고 집에서도 할 수 있고 여행 가서도 할 수 있잖아. 나도 문학을 하고 싶어서 소설, 에세이, 요리책 9권을 냈거든. 작가 중에서도 방송 쪽은 미래가 밝아. 우리나라에 지금 99개 채널이 있어. 작가가 모자라요. 열심히 해서 언제고 나하고 같이 맞닥뜨리는 일이 있도록 최선을 다해보세요. 기다릴게요.

◇

소심하게 복수하지 마!
대담하게 제대로 붙어

이제 막 취업한 건장한 스물여섯 사회초년생입니다. 사회생활 하면서 가장 힘든 건 능력을 도둑맞는 거 같아요. 제 직속 선배는 제가 밤새워서 만든 기획안을 자기가 한 거라고 하고요, 자기가 보고서에 오타 낸 건 제가 실수한 거라고 덮어씌워요! 그럴 때마다 정말 억장이 와르르 무너집니다. 소심한 복수라도 하고 싶은데 무슨 방법 없을까요?

내 일도 아닌데 난 지금 기분이 아주 더러워요. 이런 쥐새끼 같은 놈 때문에 안 그래도 싫은 회사가 더 싫어지는 거예요. 대한민국, 그리고 회사의 미래를 위해서라도 이런 놈들은 걸러야 합니다. 다음에 윗사람이 '이 기획안 누가한 거야?' 물어보면 얼른 뛰어가서 '제가 밤새서 했습니다!' 말하세요. 반드시 선수 치세요. 바보야? 내가 밤 새웠는데 왜 딴 새끼가 생색내게 해. 그리고 '이 보고서 누가 오타 냈어?' 그러면 이것도 뛰어가서 '아, 제가 실수한 건 아닙니다!' 하세요. 그거 보고 그 쥐새끼가 뭐라고 하면 '제가 틀린 말 했습니까!' 하고 정면으로 부딪쳐. 이런 애들이 원래 전면전 약해. 싸움 못 하니까 뒤에서 속닥질하는 거야.

비겁한 놈들이 제일 겁내는 게
당당한 미친놈이야.
들이받아!

퇴직하고 갈 데 없는 거,
그게 제일 비극이야

아빠가 5년 전 퇴직하신 후부터 너무 우울하고 쓸쓸해 보입니다. 거의 매일 동네 친구분들과 술을 드시는데 좀 줄이시라고 잔소리를 하면 오래 살 생각 없다고 하세요. 그럴 때마다 농담이 아닌 거 같아서 가슴이 내려앉아요. 엄마랑 전 같지 않게 자주 다투시고요, 집에 있으면 괜히 눈치도 보인다고 푸념도 많이 하세요. 어떻게 하면 아버지께 힘이 되어 드릴 수 있을까요?

남자들이 제일 견디기 힘들어하는 시기가 퇴직하고 나서야. 근데 이때는 아내도 마찬가지로 힘들대. 내가 찜질방 가서 들어보면 다 똑같은 얘기야. 매일 집에 없던 남편이 어느 날부터 거실 소파 차지하고 하루 종일 누워있어. 그리고 아침, 점심, 저녁 삼시 세끼 해달라는데 너무 꼴 보기가 싫대.

남편 입장에서는 처음에는 좋아. 평생에 그렇게 어깨 가볍게 쉬어 본 적이 없잖아. 그런데 그렇게 몇 달 지나면 우울증이 오는 거야. 휴가가 아닌 게 실감이 나니까.

평생을 정시에 출근하던 사람이
퇴직 이후에 제일 힘든 게 뭔지 알아?
갈 데가 없는 거야.
아, 내가 이제 세상에 필요 없는
사람이 됐구나, 실감하게 되거든.

그게 아버지 나이 남자들한테 제일 위험한 거예요. 그러니까 얼른 아버지가 취미 붙일 수 있는 일을 하나 만들어주는 게 좋을 거 같아. 매일은 아니라도 일주일에 몇 번씩 갈 수 있는 데를 만들어 드려. 장기를 배운다든가, 바둑을 배운다든가. 주민센터 가면 붓글씨도 있고 많아. 처음에는 안 간다고 하실지도 몰라. 왜냐하면 별로 안 내키거든. 뭐 그런 데 가서 시간을 죽이나 싶고 그럴 거야. 그건 아버지 스스로 공허함 채우는 방법을 아직 몰라서 그래. 마음이 허할 때는 무조건 바빠야 돼.

하나 두 개씩 시작해봐. 아버지도 분명히 해보고 싶던 취미 생활이 있었을 거야.

아버지하고 머리 맞대고 찾아내서
아버지가 매일 갈 곳을 만들어 드려요.

아, 수요일은 거길 가는구나, 금요일은 여기 가는구나, 할 수 있게. 정말 갈 데 없는 거처럼 슬픈 일이 없거든. 아버지가 매일 희망을 갖게 해드리세요. 그리고 아버지한테 어떠세요? 재미있어요? 하고 부지런히 물어봐. 엄마한테도 아빠 힘들어하는 거 같다고 미리 귀띔해놓고.

엄마도 적응하는 거 많이 힘들 거야. 매일 아침 나가던 남편이 안 나가고 집에 있으니 얼마나 어색하겠어. 남편이 평생 고생한 거 알아서 잘하려는 마음일 텐데 엄마도 사람인지라 그게 또 갑자기 안 될 수 있어. 그런 엄마 죄책감 느끼지 않게 잘 위로해드려.

참 좋다. 아들이었다면 이렇게 아빠 걱정, 엄마 생각 못 했을 텐데 딸이라 참 마음이 깊고 섬세하다. 이래서 어른들이 딸 타령 하는 거야. 딸은 시집가서 친정에 더 잘하거든. 자기가 자식을 낳아보고 그러면 엄마 심정을 더 아는데 아들은 장가가면 끝이야. 자기 와이프가 따봉이래.

아무 생각 없이 열심히 살기엔
슬플 때가 가장 적기

어릴 적 부모님 이혼하시고 할머니 손에서 크다가 독립한 후 10년을 혼자 살았어요. 얼마 전 연락 한번 없던 아버지가 쓰러지셨단 소식을 들었는데 심각하게 생각 못하고 주저하는 사이에 갑자기 돌아가셨습니다. 너무 죄스럽고 또 너무 보고 싶어서 아버지 사진 보면서 울다가 아무에게도 말하지 못했던 하소연 남겨봅니다.

10년 동안 얼굴 못 보고 살다가 어떻게 연락이 닿았는데 얘기 한번 못 나눠보고 바로 돌아가셨으니 가슴 시린 걸 어떻게 말로 다 하겠니. 왜 그동안 한 번 찾아볼 생각을 안 했을까, 연락 한 번을 안 해봤을까, 죄스러운 마음 들고도 남지. 허나 이럴 때는 그냥 내 운명이다, 내 팔자구나, 하고 하루빨리 털어버려야 돼요.

**살면서 한 치 앞을 내다보지 못하는데
숨 가쁘게 살기에도 너무 바쁜데
이미 지나간 일, 잊어야 할 슬픔에
빠져 있으면 안 돼.**

앞으로 나아갈 수도 없고 우울증도 깊게 생겨요. 아마 하늘에 계신 아빠도 이렇게 미안하고 그리워하는 마음 다 알아주실 거야. 그러니까 그만 죄책감에서 빠져나와.

아빠 기일이 1년 뒤에 돌아올 거잖아. 종교가 어떻게 됐든, 그다음

기일에 아빠 다시 만난다고 생각하고 그때 아빠한테 지금보다 더 좋은 모습 보여주겠다는 생각으로 이루고 싶었던 거, 준비하고 있었던 거 지금 시작하세요.

지금처럼 슬플 때가 무념무상, 아무 생각 없이 열심히 살기 제일 좋은 때야.

그 모습을 아버지가 하늘나라에서 참 예쁘게 지켜봐 줄 거예요.

이 땅 취준생 대신해서
내가 욕 해준다

취업 준비 중인 스물다섯 살의 백수입니다. 그동안 저를 미련 없이 탈락시킨 회사에 욕 좀 퍼부어주세요. 개별 발표라는 명목하에 서류 합격 날짜 안 알려줘서 몇 날 며칠 벌벌 떨게 만들고, 신입 모집이라 해놓고 면접에서 '경력이 아무것도 없어요?' 비웃으며 패배감을 맛보게 해준 면접관님들! 능력 충만, 의욕 만점 취준생을 외면한 걸 후회하게 될 겁니다!

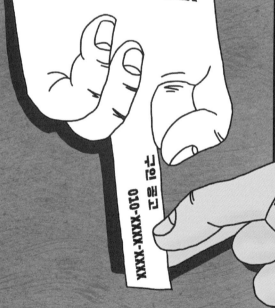

뭐 하는 회사가 이따위로 사람을 뽑아. 여기 회사 대표 새끼 이름 좀 뽑아와. 이름 불러가면서 욕을 해야 욕할 맛 나지. 아니 왜 시험 봐 놓고 합격 발표 날짜를 안 알려줘? 왜 결과 발표를 투명하게 안 해? 이건 지원자에 대한 예의 아니야? 그리고 야, 이 면접관 새끼들아. 너네도 20대가 있었잖아. 너네는 대학교 졸업장 쥘 때 뭐 경력 있었어? 경력이라곤 밥숟가락 쳐든 경력밖에 쥐뿔 아무것도 없었던 것들이 이제 좀 높은 자리 앉았다고 이제나저제나 취업 안 돼서 힘든 애들 마음을 쥐락펴락해? 야. 너 속상해할 거 없어. 네가 높은 사람 됐을 때 저렇게 안 하면 돼. 기본도 안 된 회사는 재껴. 제정신인 회사 아직 많아. 그리로 가.

수미 TALK 📱

 선생님은 다시 스무 살이 되면
뭘 하고 싶어요?

안 와

온 우주를 주물럭거려도 스무 살 다시 안 와

 만약에 만약에 만약에요~
그런 영화도 있잖아요~

다른 건 됐고 대학 갈래

내가 대학을 못 나왔잖아. 난 지금도
정말 알고 싶은 게 많고 배우고 싶은 게
많아. 외국어나 악기나
뭐든 좀 제대로 배우고 싶어

 선생님은 학교 다닐 때 공부 잘했어요?

내 성격이 하기 싫은 일 억지로 못하잖니

그래서 고등학교 때
영어시험 빵점 맞았어

ㅋㅋㅋㅋㅋㅋㅋㅋㅋㅋㅋㅋㅋㅋㅋㅋㅋ
ㅋㅋㅋㅋㅋㅋㅋㅋㅋㅋㅋㅋ빵점!!!!

그래서 담임선생님이

너 이렇게 공부 안 하고 커서
도대체 뭐 하고 살 거냐

그래서

돈 많이 벌어서 영어 잘하는 비서 두고 살 건데요

그랬더니

이 기지배가 하면서 등허리를 빡!!!

 ㅋㅋㅋㅋㅋㅋㅋㅋㅋㅋ 맙소사

근데 봐라. 내가 한 말 딱 지켰지.

내 일 맡아서하는 우리 이사가 그렇게 영어를 잘해

걔가 내 매니저고 비서잖아

나는 내가 한 말은 딱 지킨다니까?

어릴 때 울 아버지가 그렇게 내 이마 쓰다듬으면서

우리 강아지는 이담에 커서 큰 인물 될 겨, 아유 똑똑해….

그 얘기 하도 들어서 난 이미 중3때부터

나 진짜 큰 인물 되겠구나, 돼야겠다, 했어.

열여덟에 조실부모 하고 나서도 난 큰 인물 될 거니까

어디 가서도 누구 앞에서도 기 안 죽었어.

그래, 그게 가족이지. 세월 흘러 곁에 없어도

늘 갑옷처럼 두르고 사는 내 편.

김수미의 시방상담소

3장 가족

엄마는 자주 앓을 나이야, 많이 잘 울려

잘 웃던 엄마가 언젠가부터 잘 웃지 않아요. 가족들이 바빠서 엄마 혼자 있는 시간이 길고 밥도 혼자 드실 때가 많거든요. 게다가 외할머니가 치매를 앓으시는데 엄마를 못 알아보세요. 이러다 엄마 우울증 올까 봐 무서워요. 힘이 되어드리고 싶은데 제가 뭘 할 수 있을까요?

지금 엄마 나이가 그래. 자식이 고등학교, 대학교 들어가고 드디어 한숨 놓을 때가 되면 몸 여기저기가 아프기 시작해. 그즈음에 생리가 끊기는데 이게 여자 삶이 끝났다는 선고와도 같아서 정말 우울해. 그리고 40대 후반부터 오십견이 빨리 와. 팔 쓸 때마다 바늘 뭉치를 꽂아 흔드는 것 같다고.

근데 무엇보다 아픈 건 당신 엄마가 치매라는 사실이야. 이건 몸 아픔에 비할 수 없는 충격이지. 내 엄마가 나한테 '누구세요?' 한다고 생각해봐. '엄마 나야' 하는데 '아유, 안녕하세요' 하는 이 충격을 과연 지금 열 몇 살 딸이 이해할 수 있을까?

오히려 외할머니는 모르시니까 편하실 거야. 원래 치매 환자는 잘 먹어서 살이 뽀얘. 근데 그 가족은 얼굴이 까매. 너무 괴롭거든. 엄마가 아무리 긍정적이고 명랑한 성격이었다고 해도 지금은 버티기 힘들 거야. 그러니까 틈날 때마다 엄마 손 꼭 잡고 위로해드려. 간지럽고 창피해도 오바, 육갑 떨면서 엄마, 엄마, 애교 부려. 그리고 엄마가 외할머니 만나고 오신 날 〈수미네 반찬〉 보고 맛있는 것 좀 해드려. '엄마 내가 오이냉국 만들었다? 엄마 한번 먹어볼래?' 하면 엄마 너무 좋아할 거야. 막 울지도 몰라.

엄마는 지금 한창 앓을 나이야.
그니까 잘 울려드려.

밤에 혼자 베갯잇 적시면서 식구들 몰래 우는 것보다 감격해서 자식 앞에서 우는 게 훨씬 나아. '내 딸이 나를 생각해서 이렇게 음식을 준비했구나. 내가 이럴수록 힘을 내야지' 하면서 엉엉 울고 나면 우울증 같은 것도 물러가. 원래 긍정적인 사람일수록 빨리 회복돼. 이렇게 마음 예쁜 딸 있으니 문제없겠다.

할머니, 할아버지와의 작별을
가불해서 슬퍼하지 마

저는 원래 고민 없이 사는 타입인데 최근에 정말 큰 고민이 생겼어요. 할머니, 할아버지와의 이별을 자꾸 떠올리고 상상하게 돼요. 두 분 모두 정정하신데도 언젠가 이별할 때를 떠올리면 눈물부터 쏟아져요. 저는 바쁜 부모님 대신 친할머니, 할아버지 손에 자랐거든요. 그래서 두 분이 안 계신 삶을 상상할 수 없어요. 남은 시간을 어떻게 보내야 후회가 없을까요?

이제 스무 살인데 할머니, 할아버지 돌아가시면 어떡할까 걱정하는 효심이 너무 예쁘다. 그러나 미리 앞서 걱정하지 말아요. 할머니, 할아버지가 건강하신데 왜 고민거리를 부러 만들어 눈물을 쏟아. 칠십 먹은 나로서는 이 고민은 고민이라고 할 수가 없어. 이별은 누구에게나 반드시 찾아와요. 사람은 만나면 반드시 이별하게 돼. 할아버지, 할머니하고도 이별해야 되고 부모님하고도 이별해야 되고 친구하고도 이별해야 돼. 왜냐고? 인간은 모두 죽으니까. 가야 할 때 가는 이별은 조금 과하게 말하면 아름다운 이별이에요. 지하철 타 봐. 열차 한 칸에 멀쩡한 자식 앞세운 부모도 있고 어제 아침에 동생 잃은 형제도 있어. 그런 사람들이랑 다 부둥켜안고 사는 게 이 세상이에요. 너무 끔직하게만 생각하지 말고 이별 또한 삶의 일부분인 걸 받아들여요. 할머니, 할아버지는 언젠가 돌아가실 거예요. 그러나 지금 두 분 모두 건강하시니까 오래 함께할 수 있어요.

가불해서 고민하지 마세요.
미리 슬퍼한다고
훗날에 덜 슬프지 않아요.

사람과 강아지 사이에도
인연이 있어

반년 전에 지금 집으로 이사를 왔어요. 근데 강아지 한 마리가 버려져 있는 거예요. 장군이라는 이름표를 달고 있는 말티즈였는데 부동산 아저씨한테 물어보니까 그 전에 살던 사람이 버리고 간 것 같다고 하시더라고요. 눈망울이 너무 예뻐서 제가 임시 보호하다가 정이 들어서 키우려고 하는데 시골에 계신 부모님 반대가 심해요. 어떻게 하면 허락하실까요?

아는 사람은 알겠지만 나는 강아지를 너무 사랑해. 우리 집에도 세 살 밤순이랑 두 살 깜순이가 있어.

나는 강아지랑 사람도
하늘에서 맺어준
인연이라는 게 있다고 믿어요.

그래서 시골에 계신 부모님 설득해서 장군이랑 같이 살게 됐으면 좋겠어.

빈집에 남겨진 장군이랑 그 집에 이사 간 네가 만난 거, 그 자체가 참 특별한 사연이잖아. 임시 보호 마음 먹기도 쉽지 않았을 텐데 정말 생각 잘했다. 복 받으실 거예요. 그러니까 부모님을 잘 설득해 보세요. 자식이 예쁜 짓, 착한 짓 하는 거 말릴 부모 세상에 없거든. 다만, 개통령 강형욱 씨도 맨날 얘기하잖아. 강아지는 인형이 아니에요. 얘네 살아 있는 생물이야. 밥 먹고 똥 싸고 짖고 물고 빨고 할 거 다 해. 이미 반년을 함께 살았으니까 가벼운 마음으로 결정한 거 아닌 건 알지만, 그래도 평생 함께하기로 마음먹는 건 또 무게가 다른 거니까 혹여나 병 앓거나 상황 달라진다고 해서 버리거나 그러면 절대 안 돼. 이제 네 새끼 되는 거야.

아마 장군이 전 주인도 피치 못할 사정으로 못 데려갔을 거라고 생각해요. 그래도 길에 버리지 않고 집에 두고 간 게 다행이네요. 덕분에 장군이가 더 좋은 주인 만났잖아요? 하늘이 준 인연이라고 생각하고 부모님 설득해서 장군이랑 오래오래 행복하세요.

아픈 아이 엄마도
화가 나면 화내야지

우리 아들은 태어나 곧장 수술을 받고 15개월을 중환자실에 있었어요. 지금도 신장이식을 기다리며 기관절개로 숨을 쉬고 있습니다. 그렇게 아픈 아이인데 가끔 말을 안 들으면 욱해서 궁디 맴매, 등짝 스매싱을 해요. 그럴 때마다 제가 너무 짐승 같습니다. 친정집 강아지를 보면 작게 태어난 새끼는 사고를 쳐도 핥아주기 바쁘던데, 저는 강아지만도 못한 것 같아요.

강아지하고 비교하지 마세요. 사람이에요. 엄마예요.

얼마나 고통이 컸겠어. 아이가 병원에 있을 때 얼마나 자기 탓을 했 겠어. 다른 엄마는 멀쩡하게 낳아주는데 내가 이렇게 아프게 낳아 줘서 내가 죄인이다, 정말 별생각 다 했으리라 생각해요. 그런 아픈 아이를 맴매하고 거칠 게 말하는 거 너무 속상하죠. 만약에 남이 내 아이를 그렇게 때렸으면 엄마는 미칠 거야. 가만 안 둘 거야.

나도 우리 아들 키우면서 등짝 무지 때렸어. 우리 아들 어렸을 때 장난 너무 심해서 엘리베이터에다 오줌 싸고 사고치고 다녀서 막 반상회 불려가고 그랬거든요. 오죽하면 내가 울면서 전생에 무슨 죄를 지어서 저런 놈의 새끼를 낳았냐고 그랬었다니까.

엄마도 사람이야. 화나면 내야지 참기만 하면 병나요. 엄마가 건강 해야 아들도 건강한 건데 이 상황에 엄마가 아프면 아들은 누가 키 워. 다만 아이한테 맴매하면 엄마 마음이 아프니까 앞으로는 아무 리 화가 나도 맴매는 하지 말아요. 차라리 목욕탕에 들어가서 목욕 탕 벽을 쳐. 발로 공을 차든가 어디 나가서 에이 시발, 욕을 해. 엄 마가 괴로워하면 아이가 다 느껴요. 그럼 아이한테도 안 좋아. 엄마 랑 아들이랑 다 건강하려면 화가 났을 때 감정을 다스릴 수 있는 방 법을 찾아야 해.

딸들아, 할 수 있을 때
사랑한다고 말하렴

스물둘 직장인입니다! 제가요, 마음은 그게 아닌데 엄
마한테 자꾸 툴툴거리고 짜증을 부려요. 엄마가 힘내라
고 아침마다 귀여운 이모티콘이랑 사진을 보내주시거
든요. 저도 애교 있게 답장하고 싶은데 평소에 안 하던
말을 하려니까 뭐라고 해야 할지 모르겠어요.

네 나이 때는 다 엄마한테 툴툴거려. 결혼해서 자식 놓고 한 사십 즘 먹어야 그때부터 잘하지. 그니까 지극히 정상이야. 근데 마음이 아예 없으면 모를까. 엄마한테 애교 떨고 싶으면 당장에 시작하세요. 왜냐면 엄마가 언제까지고 기다려준다는 보장은 없어. 나는 엄마가 내 나이 열여덟에 돌아가셨어. 그게 천추의 한이야.

나는 지금도 예순, 일흔
내 또래가 엄마, 하면서
전화하는 거 들으면 가슴이 시려.

안 하던 짓 처음 하려고 하면 아무리 엄마라도 쑥스럽지. 엄마도 갑자기 전화해서 사랑한다고 그러면 애가 미쳤나, 그럴 거다. 그러니까 일단 예쁜 이모티콘 하나 보내세요. 그리고 어떤 반응 오는지 봐. 간지러운 말 못 하겠으면 '나 오늘 저녁에 엄마가 해준 오이무침이 먹고 싶다' 하고 반찬 타령이라도 해. 그렇게 시작하세요. 처음이 어렵지 그다음은 쉬워. 사랑 많이 받아본 사람이 애정표현도 잘하거든. 보니까 엄마한테 사랑 많이 받고 자랐을 것 같아. 이렇게 물꼬 틔운 다음에 꼭 한 달 안에 엄마한테 사랑한다고 문자 보내세요. 늦기 전에 하세요. 《바보들은 항상 결심만 한다》라는 책이 있는데, 현명한 사람은 바로 실천해.

엄마가 얼마나 소중한 사람인데 잃고 나선 찾을 수가 없어요. 할 말이 가슴에 쌓이고 쌓여도 할 수 없을 때가 와요.

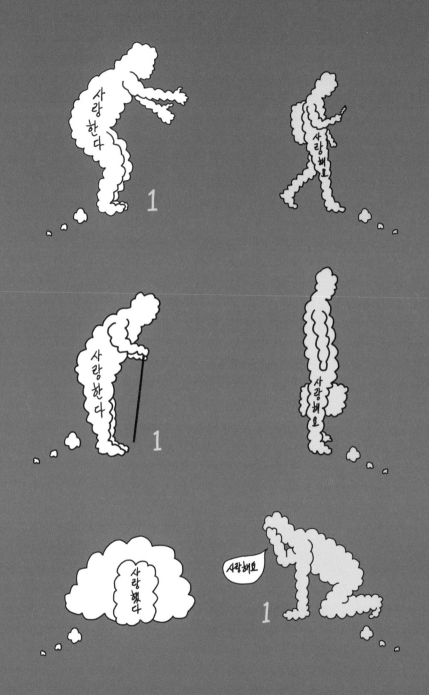

부모님과의 나이 차이,
극복은 네 몫

서울에서 혼자 자취를 하는데요, 부모님과 생각이 너무 달라 힘들어요. 전 돈 모으는 것도 중요하지만 해외여행도 다니고 계속 뭔가를 배우고 싶거든요? 근데 부모님께서는 '혼자 살더니 허파에 바람이 들었구나. 그 돈 모아서 전세방 얻을 생각 안 해?' 하며 어찌나 잔소리를 하시는지. 그럴 때마다 마음이 많이 상해요. 제가 정말 철이 없는 건가요?

부모와 자녀가 가치관이 다른 건 당연해. 너도 결혼해서 서른 살 나이 차이 나는 애 키워보면 이렇게나 생각이 다르구나, 하고 느낄 거야. 우리 세대는 '해외여행＝돈 지랄'이었어. 비행기 삯부터가 한 달 월급을 웃돌았고 밖에서 자고 먹고 보는 게 다 돈이었지. 당신들이 그런 시대를 살았으니 한 푼이라도 아껴야 할 사회초년생이 돈 펑펑 쓸 생각만 한다고 오해하실 수 있어. 그니까 브리핑을 잘해봐요. 회사 다니면서는 돈 100원 쓰는 것도 보고서 올리잖아. 요즘은 해외여행도 굉장히 저렴하게 나온 게 많고, 비싼 레스토랑 가서 밥 먹고 카지노에 도박하러 가는 거 아니라고 설명을 해. 앞으로 어떻게 살지 싹 정리하러 가는 거라고 설득을 하세요. 뭘 배우려거든 이게 앞으로 사는 데 얼마나 좋은 약이 될지, 그 약이 왜 필요한지 이유를 말하세요.

내 새끼가 앞으로
더 행복해지는 방법을 찾겠다는데
그거 뜯어말릴 부모 세상에 없어.

나는 여행을 가면 무엇이든 꼭 배워오는 게 있다고 생각하는 사람이야. 특히 나이 들어서 가는 것보다 젊을 때 가는 여행에서는 굉장히 얻는 게 많다고 생각해. 현실을 잠깐 떠나 보면 내 지금이 얼마나 감사하고 절실한지 깨닫게 될 거예요.

내 새끼 내가 차는데
남이라고 못 찰까

큰딸은 다섯 살, 둘째 딸은 세 살인데요. 신랑이 큰딸을 너무 놀려요. 그것도 외모로요. 큰애가 아빠랑 붕어빵인데, 자기 닮은 걸 예뻐하면서도 아이 반응이 재밌으니까 못생겼다고 놀리면서 엄청 즐거워해요. 큰애도 웬만큼 눈치가 있으니까 이제 아빠 닮았단 소리만 들으면 주저앉아서 울 정도예요. 본인 닮은 딸을 왜 그렇게 놀리면서 마음에 상처를 줄까요?

◇
149

야, 이 자식아. 너 네 딸을 왜 네가 놀려. 죽을래? 애 상처받을 거 생각 안 해? 네 딸 남이 그렇게 놀리면 좋겠냐! 내 강아지 내가 발로 차면 남도 같이 차는 거야. 애가 울고 애 엄마가 속상하다잖아. 그럼 하지 마. 아기가 다섯 살이면 알 거 다 알아. 감수성이 얼마나 예민한데 그러면 안 돼. 왜 인물 가지고 평가를 해.

보면 엄마들 중에도 꼭 그렇게 자기 딸이랑 백화점 쇼핑 나와서 '우리 딸이 뚱뚱해서요, 못생겨서요' 하면서 깎아내리는 사람 있어. 그거 진짜 호되게 혼나야 돼. 왜 남 앞에서 귀한 자기 새끼를 욕해.

나는 어렸을 때 우리 아버지가
내 이마를 맨날 쓰다듬으면서
우리 강아지는 큰 인물 될 겨,
그 소리를 하도 해서 중학교 때부터
아, 나는 큰 인물이 안 되면 안 되겠구나,
이 생각을 했어.

부모 말이라는 게 이렇게 중요한 거야. 사소한 것 같아도 애한테는 아주 중요하고 치명적일 수가 있다고. 〈델마〉라는 프랑스 영화가 있어. 이게 세계 10대, 20대가 가장 많이 본 영화 중에 하나야. 델마라는 여자가 주인공인데 영화 첫 장면이 델마가 강의실에서 막 경기 일으키는 장면이거든. 근데 아무리 병원에 가도 발작 원인을 못 찾아. 그 이유를 찾아서 추적을 막 하는데 나중에 보니까 델마가 여섯 살 때 부모님이 갓난쟁이인 동생 좀 보고 있으라고 하고 자리를 비웠어. 그 사이에 동생이 자박자박 기어가지고 소파 밑으로 들어 갔다가 딱 끼어버린 거야. 부모님은 그걸 가지고 델마가 일부러 동생을 소파 밑에 밀어 넣었다고 혼을 내. 델마 손을 붙들어서 촛불에 갖다 대고 '나쁜 짓 하면 지옥 가서 이렇게 뜨거운 불에 타버린다' 협박을 해. 이 일을 완전히 까먹고 살다가 커서 대학생이 된 시점에 갑자기 무슨 계기로 발현이 돼서 발작까지 이어진 거야. 내 말 무슨 말인지 알아듣겠냐?

어릴 때 기억은 잠재의식 속에
똬리를 틀고 있다가

어느 순간, 어떤 계기로 튀어 올라
평생을 좌우하게 될지도 모른다고.

엄마, 아빠가 평생 쫓아 다녀도 살다 보면 안 좋은 트라우마가 생기기 마련인데, 그걸 막아주지는 못할망정 아빠가 만들고 있냐. 염병을 떨어 진짜. 정신 차려! 애가 일단 우는 건 괴롭고 싫다는 거야. 그만해달라는 거야. 아이의 언어를 이해하세요. 알았어?

제대로 망하게 둬,
그래야 새로 시작해

막내 남동생이 실내 포장마차를 합니다. 꼭 성공할 거라고 장담하며 부모님 노후 자금까지 탈탈 털어서 시작했는데, 장사가 잘 안 돼요. 주방 아주머니도 따로 쓸 상황이 안 돼 평생 전업주부만 하셨던 엄마가 주방 일을 하고 계세요. 동생에게 가게 그만 접으라고 해도 말을 안 듣고, 엄마는 가게 일로 무리하셔서 건강이 걱정됩니다. 이런 상황에 저 진짜 어떻게 해야 하나요?

딸 입장에서는 엄마가 주방에 나가서 일하는 게 제일 가슴 아프지. 장사가 잘되면 엄마 병 안 나요. 손님이 미어터지면 주방 일이 재밌어. 근데 빈자리 텅텅 비어서 하루에 두, 세 테이블 들어오는 상황에 나가서 설거지하고 밑 준비하고 그러다 보면 병나. 세상에서 제일 고된 일이 음식 장사예요. 큰일 나요. 엄마 아프면 이 남동생도 큰 상처 입을 거예요.

일단 엄마를 못 나가게 하세요. 엄마 나가지 못 하게 말려. 지금 엄마가 돕고 있으니까 동생이 더 억지로 버티는 거예요. 그걸 잘 말씀드려서 설득하세요. 빨리 가게 접는 게 동생한테도 좋다고. 엄마 없으면 당장 주방에 일손 없잖아. 주방 아주머니를 구해야 되는데 그럼 더 적자잖아요. 억지로 운영할 수가 없어.

동생 스스로 못하겠다고 백기 들 때까지
혼자 내버려 둬. 망하게 두세요.
잘 망하는 법을 배워야 해.
그래야 새로운 시작이 있어요.

◇

독불장군 아빠를 상대할 땐
엄마만큼 좋은 무기가 없어

이제 대학에 갓 입학한 스무 살 새내기입니다. 근데 엄한 아빠 때문에 대학 생활을 즐기지 못하고 있어요. 기숙사 생활을 하는데도 통금이 저녁 7시. 동아리도 제 맘대로 가입 못 하고 복장이나 두발 단속도 엄격해서 염색은 상상할 수도 없습니다. 아빠랑 대화를 시도해보려고 해도 불같이 화만 내시니 답답해 죽겠습니다. 제 스무 살 어떡해요?

심하긴 심하다. 대학교 1학년이면 정말 하고 싶은 거 너무 많을 때인데 얼마나 답답하겠어. 근데 이건 아버지가 이상한 게 아니고, 이 세상이 무서워서 그래.

딸 가진 부모 귀에는
나쁜 뉴스가 더 크게 들리는 법이야.

그래서 혹여나 위험해질까 봐 자꾸 단속을 하시는 거야. 지금은 이해 못 할 텐데, 나중에 결혼해서 딸 낳으면 이해가 될 거야. 그러니까 스트레스받지 마. 정 힘들면 엄마한테 도움을 요청해. 아빠가 저녁에 못 놀게 해서 친구들 사이에서 왕따가 돼버렸다, 이런 식으로 말 좀 보태서 고자질을 해. 그럼 엄마가 애 좀 잡지 말라고 아빠한테 얘길 할 거야. 엄마 통해서 얘기하는 게 직접 얘기하는 거보다 약발이 세. 아니면 졸업하자마자 결혼해. 그럼 자유야. 그래도 듣는 내가 행복하다. 자식들이 머리통 샛노랗게 물들이고 와도 나 몰라라 하는 아빠가 얼마나 많은데, 널 얼마나 사랑하시면 이렇게 노심초사 좌불안석하니. 이게 다 사랑한단 증거잖아.

산후우울증은
감기가 아니고 중병이야

제가 낳은 아들이 가끔씩 미워 보여요. 아이가 이제 막 100일 됐는데 그동안 잠도 잘 못 자고 몸도 안 좋아서 저도 가족들도 모두 지쳐있는 상태예요. 아이 낳은 뒤 축 처진 살과 생기 없는 제 얼굴 보면 제가 이렇게 망가진 게 아이 탓 같아서 예뻐해주기만 해도 모자랄 제 아이가 괜히 미워 보이네요. 빨리 정신 차리라고 욕 좀 해주세요.

야, 이건 정신 차리라고 욕할 문제가 아니고 산후우울증이야. 이거 위험하다. 나도 둘째 낳고 잠깐 산후우울증이 왔었어. 나 때랑 똑같네. 이상하게 우리 딸 100일 될 때까지 내가 몸이 너무 아파서 순간순간 우리 딸이 미워졌었어요. 온몸이 욱신욱신하니까 왜 이렇게 아프지, 내가 너를 낳고 병을 얻었나 보다, 그런 생각만 드는 거야. 근데 병원 가서 진찰받으면 말짱하대. 아픈 데가 없대. 그러니 더 환장할 노릇이지. 그때 누가 그러더라고. 그거 산후우울증 같다고. 그래서 병원을 갔더니 산후우울증이 맞대요. 그래서 약 먹고 치료받고 바로 좋아졌어요. 이야기 들으니까 그때 생각나네. 이건 가만있다가 병 키웁니다. 빨리 병원 가보세요.

여자는 애 낳으면 정말 몸이 많이 망가져요. 팔다리 모든 신체 기간이 애 낳기 전이랑 달라져. 그래서 산후우울증도 있고 산전우울증도 오는 거야.

산모 열에 여덟은 아이 낳고 몸과 마음이 천천히 자연 회복돼요. 아이를 보면 처음 겪어 보는 에너지가 솟거든. 근데 산후우울증이 오면 그 시스템이 정상적으로 작동을 안 해. 그래서 삭신이 아픈 거야. 이건 빨리 병원에 가서 제대로 치료받아야 합니다. 먹는 약도 있고 다 치료책이 있으니까 꼭 병원 가요. 병 키우지 말고.

자식 잃은 슬픔 달랠 건
이 세상에 아무것도 없어

6년 전, 두 돌 된 둘째 아이를 이름 모를 병으로 보내고 지금 딸 하나를 키우고 있습니다. 제정신 놓고 밤마다 소리 죽여 울며 긴 세월을 보낸 후, 다시 아기를 낳고 싶다는 마음을 갖게 되었어요. 그런데 지금 이 나이에 너무 무책임한 것이 아닌가, 또 하늘이 내 아이를 빼앗아가면 어쩌나 하는 생각에 두렵고 무섭습니다. 아이를 지키지 못한 제가 또 엄마가 되도 될까요?

이 세상에서 제일 고통스러운 게 자식 앞세워 보낸 부모야. 세월이 지나도 약간 흐릿해질 뿐이지, 그 아픔과 고통이란 건 이 세상 눈 감을 때까지 가시지 않아요. 그 슬픔을 희석할 수 있는 건 아무것도 없어.

부모는 아이가 죽으면
가슴에 묻는다고 하죠.
근데 완전히 묻히지 않아요.
우리 애 입혔던 거, 먹였던 거,
좋아했던 거 볼 때마다
가슴을 파헤치고 올라와.

이 얘기를 왜 하느냐. 지금 아기를 낳으려는 이유가 혹시 슬픔과 불안을 잊으려고 그러는 게 아닌지, 하늘나라 간 둘째 아이를 대신하려는 게 아닌지 신중하게 스스로에게 물어봤으면 좋겠어. 내가 볼 때는 다시 애 낳으면 먼저 간 아이가 더 생각날 것 같거든? 오히려 지금은 직장 생활 하기 때문에 먼저 간 아이 생각을 조금 덜 하는 걸 수도 있어. 근데 다시 임신하고 하루 종일 집에 있다 보면 둘째와의 추억이 생생하게 살아나고 사무치게 그리워질 거야. 그리고 그렇게 아기가 태어나서 두 살이 되면 먼저 간 딸 얼굴이 겹쳐 보일 거야. 불안하고 무서울 거야. 너무 고통스러울 거예요. 그걸 견딜 수 있을지 스스로에게 물어봐요.

먼저 간 아이를 대신해서가 아니고 정말 마음을 다해 아기를 낳고 싶은 거라고 해도, 지금 나이에 직장 생활 하면서 아이를 제대로 돌볼 수 있을지, 그런 부분까지 충분히 고민을 해보세요. 확실하게 대답을 못 하겠거든 마음 다잡고 지금 있는 큰딸한테 하늘나라로 간 동생 몫까지 더해서 두 배로 사랑을 주는 게 최선이 아닐까 싶어. 큰딸도 동생을 잃은 아픔이 있는 상태거든. 엄마 손길이 두 배로 필요해요. 그러니까 이 아이가 외롭지 않게 키우는 데 집중하는 게 어떨까. 너무 아픈 일을 겪은 사람이라 나는 이제 아픈 일 안 겪었으면 해. 내 생각은 그래요. 선택은 어디까지나 본인 몫이야.

돌아가신 아버지 소원은
너 잘되는 거, 그거 하나야

올해 스물다섯 살 남자입니다. 공사판에서 일하시면서 절 홀로 키운 아버지가 고2 때 크게 다치신 후, 저는 대학을 포기하고 일을 시작했어요. 저는 돈을 벌 수 있어 기뻤는데 아버지는 본인이 짐이라고 생각하셨나 봐요. 얼마 전 스스로 목숨을 끊으셨습니다. 장례를 어떻게 치렀는지 기억도 안 납니다. 하나뿐인 아버지를 잘 챙겨드리지 못한 것 같아 너무 죄스럽습니다.

내 생각에는 아버지가 오랜 시간 우울증을 앓으셨던 거 같
아. 이렇게 사랑하는 아들을 두고 가신 것 보면 가슴에 말도 못 하
게 병이 들었던 거예요. 지금 아버지를 돌보지 못했다는 죄책감에
괴로워하고 있을 텐데, 내가 설명을 해주고 싶어. 아버지는 편찮으
시니까 집에 계시는 시간이 많았을 거고, 아들은 생계를 책임져야
하니까 밖에 있는 시간이 길었을 거야. 먹고 살려면 어쩔 수 없잖
아. 아버지랑 더 잘 살려고 열심히 산 건데 거기에 왜 죄책감을 느
껴.

비극이 일어났다고 해서
죄책감에 잡아먹히지 말아요.
자신의 수고와 고생까지
깎아 먹지 말아요.

나는 분명히 영혼이 있다고 생각해. 아버지가 어디에서고 아들을
보고 계실 거야. 그럼 꿋꿋하게 잘 사는 아들을 보고 싶어 할까, 죄

책감에 쓰러지는 아들을 보고 싶어 할까. 아버지 성격은 아들이 더 잘 알 거 아니야.

부모 마음은 같아. 아버지는 아마 사고 이후에 당신 탓을 많이 했을 거야. 아들 대학도 보내고 취직도 할 때까지 버텼어야 하는데 내가 아파서 아들한테 짐이 됐다고 생각했을 거야. 아버지는 아들이 당신처럼 공사판에서 험한 노동하는 거 정말 보고 싶지 않으셨을 거예요. 대학교 졸업해서 좋은 일 하는 거 꿈꾸셨을 거야. 아버지 잘 챙겨드리지 못해 죄스러우면 아버지가 가장 바랐던 꿈을 이제부터 이뤄드려요. 아들이 할 수 있는 일 찾아서 행복하게 사는 거, 그게 아버지의 지금까지 그리고 앞으로의 소원이야.

아들 늦잠 잘까 봐 걱정되면
엄마가 같이 자

남들이 들으면 웃지만 아침마다 다 큰 고등학생 아들 깨우는 게 너무 힘들어요. 밤늦게 학원 마치고 와서 맨날 게임하느라 12시 넘어서 자거든요. 원래 잠도 많아 못 일어나고 신경질 부리는 거 겨우겨우 흔들어 깨워놓으면 어느새 방에 들어가서 다시 자요. 그러다 늦으면 왜 안 깨웠냐고 엄마를 잡아먹으려고 들어요. 아유, 하루 이틀도 아니고 사람 할 짓이 아닌 것 같아요.

고등학생 아들이 이러면 문제 있다. 그렇다고 심각한 건 아니고 한큐에 고칠 방법 있어요. 일러줄 테니까 그대로 해. 아들이 게임하다가 늦게 자니까 모든 문제가 생기는 거잖아. 혼자 두면 침대 누워서 휴대폰으로도 게임 하니까 오늘부터 엄마가 아들 방에서 같이 자세요. '내가 아침마다 너 깨우느라 진이 빠져 죽겠으니까 아예 같이 자자' 하고 저녁 11시부터 불 끄고 자장가 불러주면서 일주일만 같이 자세요. 아주 늦게 일어나는 버릇 싹 고쳐진다.

이 버릇 지금 고쳐야지, 늦게 일어나는 버릇은 자연스럽게 지각하는 버릇으로 몸에 배거든. 눈 깜짝하면 고등학교 졸업하고 대학교 가고 직장 생활해야 될 나인데 언제까지 엄마가 아침마다 흔들어 깨울 거야. 나쁜 버릇은 엄마가 옆에 있을 때 고쳐줘. 고민할 것도 없어. 같이 자. 한 3일이면 고쳐진다. 됐어. 고민 해결.

시부모도 내 부모 대하듯
막 대하면 편해

결혼한 지 반년 된 서른일곱 살 새댁입니다. 친정 형편이 많이 힘들어서 월급 절반을 친정어머니께 보내드리고 있어요. 근데 시어머니께서 친정에 돈을 그만 보내래요. 제 돈인데 제 맘대로 보내지도 못하나요? 돈 안 보내겠다고 거짓말이라도 해야 할까요?

응. 거짓말해. 이런 거짓말은 괜찮아. 시어머니가 하지 말랬다고 내 엄마를 끊어낼 순 없잖아. 이런 고민은 길게 해봤자 가슴만 미어지고 답이 없어. 그러니까 그냥 네, 알겠습니다, 대답하고 돈 계속 보내. '에이, 시부모님을 어떻게 속여요'이러고 내숭부리지 마. 너네 클 때 부모님 걱정할까 봐 일단 둘러대고 말부터 지어냈잖아.

시부모도 부모야.
원래 자식새끼들은 부모한테
거짓말 밥 먹듯이 해.

그리고 시어머니 말씀 너무 고깝게 들을 거 없어. 시어머니 입장에서는 당신 며느리가 친정에 월급 반 뚝 떼다 주는 상황에 대해서는 한 번쯤 참견하고 잔소리할 수 있는 거야. 며느리도 자식이니까. 시어머니가 뭐라고 할 때마다 미움 쌓다가 나이 먹고 '아, 이제 그 마음 알겠다' 할 때 즘 되면 시어머니 안 계셔요. 그러니까 쉽게 미워하지 말고 유연하게 대처하세요. 내 부모만 나 안 기다려주는 거 아닙니다. 시부모도 나 안 기다려요.

엄마도 잘못된 선택을
할 수 있어

30대

벌써 3년째 엄마 전화를 피하고 있습니다. 어려서 부모님께서 이혼하시고 아빠, 엄마 두 분 모두 새 가정을 이루셨어요. 한때는 저희를 버리고 갔던 엄마를 원망하기도 했지만 이젠 이해해요. 그런데요, 그렇게 매정하게 갔으면 잘 살기라도 하지, 지금까지 고생하며 사는 엄마를 보면 저도 모르게 심한 말 쏟아버릴까 무서워서 계속 피하게 되네요. 선생님, 저 이러다 나중에 후회하겠죠?

또래 친구들은 안 겪었을 정신적인 고통을 참 많이도 겪었다. 시간이 아주 많이 지나고 나이를 먹었다면 이해가 됐을 수도 있지만, 당장은 이해하기 힘들 것 같아. 차라리 엄마가 재혼해서 잘 살고 있다면 그래, 엄마가 행복하면 그걸로 됐어, 하고 떨쳐버릴 수 있는데 엄마가 고생하신다면서. 그럼 마음이 더 안 좋지.

내가 이야기를 쭉 들으면서 한 번 엄마 입장으로, 한 명의 여자 입장으로 생각을 해봤어. 부모가 자식이랑 헤어질 때는 뼈를 깎는 고통을 겪어. 지금 나이에는 내가 무슨 말을 해도 어떤 책을 읽어도 그게 어떤 고통인지 이해하기 어려울 거야.

엄마가 그 고통을 감수하고 더 나은 삶을 살아보려고 어떤 선택을 한 건데, 그 선택이 결과적으로는 또 잘못된 선택일 수 있거든.

엄마도 인생에서 잘못된 선택을 할 수가 있어. 그 선택으로 자식한테 상처를 주었다면 스스로 자책도 많이 했을 거예요.

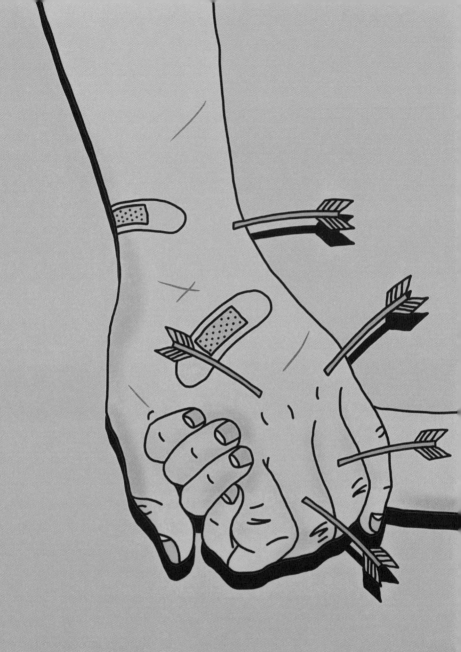

눈 딱 감고 잡아 봐요.
엄마예요.

엄마 마음 다 알면서
지금 계속 피하면 나중에 더 힘들어.
그때 가서 지금까지 울었던 거에
열 배로 눈물짓게 될 수도 있어.

엄마가 아직은 젊으시지만 만약에 이러다가 아프기라도 하면 시간이 정말 없어질 수 있거든. 앞으로 살 날이 살아 온 날보다 적을 엄마를 한 번 더 이해해주면 안 될까? 이 세상에서 제일 용기 있는 사람이 용서하는 사람이야. 우리가 살면서 돈 안 들이고 마음을 편하게 해주는 건 이해와 용서거든? 이게 그 상처를 모르는 사람이 왈가왈부할 게 아니지만, 이미 한번 엄마를 이해한 걸 알기 때문에 내가 한 번 더 부탁해. 엄마를 받아줘. 그럼 우리 친구 마음도 삶도 더 편하고 아름다워질 거야.

준비된 엄마는
아기도 고양이도 잘 키워

출산을 보름 앞둔 서른여섯 예비 엄마입니다. 제가 고양이 두 마리를 10년째 키우고 있는데요, 얘네도 제겐 친자식과 다름없거든요. 몸이 무거워서 벌써부터 고양이들에게 소홀해지는데 아이가 태어난 후에도 육아와 육묘를 동시에 잘 할 수 있을지 걱정이 많습니다. 어떻게 하면 아이도 고양이도 잘 키우는 엄마가 될까요?

나도 첫애 낳을 때 이 고민 했었어. 그때의 나를 보는 것 같다. 일단 너무 걱정하지 말라고 얘기해주고 싶어요. 내가 애들 키우면서 강아지들이랑 쭉 같이 살고 있고 고양이도 데리고 있었는데 다 소통이 되거든요.

얘는 아기야, 네 동생이야, 약하니까 예뻐해줘야 돼, 설명해주면 귀 쫑긋하면서 다 알아들어요.

　　근데 약간 주의사항은 있어. 지금 고양이 두 마리랑 산다고 하니까 내 얘길 해주면, 내가 첫아이 낳았을 때 고양이를 키웠거든요. 고양이가 아이큐가 높아요. 그래서 내가 우리 아들 안고 우유를 먹이고 있으면 옆에 와서 가만히 보는데 약간 질투를 해. 나는 2등이야. 원래 1등이었는데 쟤한테 뺏겼어, 이러면서 상황을 읽어요. 그래서 나는 아들 우유 먹이고 난 다음에 고양이들도 예뻐해줬어.

그리고 아기가 갑자기 움직이면 고양이가 놀라서 손톱을 세울 수 있잖아요. 내가 두 살 때 키우던 고양이가 얼굴을 할퀴어서 열 살까지 흉터가 있었거든. 그래서 우리 엄마가 그 고양이를 어디로 보냈다는 얘기를 듣고 겁이 나서 한 달 정도 우리 아들 방에 고양이가 못 들어가게 했었어. 고양이 털이 호흡기에 안 좋을 수 있으니까 백일까지는 조심하는 게 좋을 거 같아.

아무래도 고양이들은 엄마를 뺏긴 기분이 들 테니까 처음에는 질투할 수 있어요. 혹시나 샘을 부려도 맴매야, 안 돼, 자주 말해주고 알아듣게 타일러요. 제일 중요한 건 엄마가 먼저 조심하고 주의하는 거예요. 아기한테도 고양이들한테도 좋은 엄마 되기를 기도할게요.

성교육은 혼자서도
잘만 배우더라

초등학교 4학년, 1학년 두 아들을 키우는 엄마입니다. 첫째가 요즘 성에 눈을 뜬 것 같아요. 얼마 전에 '엄마 아이는 어떻게 생겨요?' 묻는데 뭐라고 답해야 하나 고민되더라고요. 그래서 엄마랑 아빠랑 사랑하면 아기가 생긴다고 얘기해줬는데, 이걸로 충분할까요? 선생님은 아드님 키울 때 어떻게 설명해주셨어요?

이런 상담은 내가 잘못 말했다가는 큰일 나니까 말을 좀 아껴야 돼. 그냥 내 얘기를 하나 해주자면은 우리 손주가 다섯 살이라 유치원을 다니는데 한번은 노래 부르는 영상을 찍어서 보냈더라고. 보니까 노래 내용이 그래.

할아버지, 할머니가
우리 아빠를 낳아주셨고
할아버지, 할머니가
우리 엄마를 낳아주셨고
우리 아빠하고 엄마하고
사랑해서 내가 태어났습니다.

애들 부르는 가삿말에 우리가 말하기 어려워하는 성교육 지식이 다 들어 있어. 이게 요즘 유치원에서 하는 성교육이에요. 노래를 부르면서 자연스럽게 받아들이는 거야. 아, 사랑을 하면 아기가 생기는

구나. 그 나이 때는 구체적인 방법보다 그냥 올바른 개념이랑 인식을 세워주는게 중요해. 이 개념만 건강하게 잘 잡히면, 나이 먹고 커가면서 알게 되는 성에 대한 지식을 자기가 기본 뼈대에 차곡차곡 덧대서 살을 입힐 수가 있어. 그러니까 우선은 '엄마 아빠가 사랑을 해서 너희가 태어났다' 이 개념을 아이가 잘 받아들였는지부터 확인해봐. 엄마하고 아빠하고 너무 사랑해, 그래서 이렇게 뽀뽀하고 잘 때 꼭 껴안아, 그렇게 해서 너희가 태어났어, 이렇게. 지식을 전하려고 하지 말고 아이가 꼭 알아야 하는 개념을 잘 정돈해줘. 그다음부터는 솔직히 아이 스스로 배우는 게 더 많아. 우리 아들 보니까 이쪽 분야는 누가 가르쳐주지 않아도 그렇게 혼자 잘 배워. 오더라고.

북한도 중2가 무서워서
남침을 못 해

중2 아들을 둔 엄마입니다. 아들이 자꾸 문제집 산다, 학급비 낸다, 이런저런 핑계로 돈을 달래요. 어릴 때 한 번쯤 하는 거짓말인 건 아는데 걱정이 되네요. 이걸 물어봐야 할까요? 아님 모르는 척을 해줘야 할까요? 혹시라도 무슨 일이 있는 건 아닌지 걱정입니다.

북한에서 왜 우리나라 안 쳐들어오는지 알아요? 우리나라 중2가 무서워서 남침을 못 해. 나는 이 시기가 무서운 게 단지 애가 말을 안 들어서가 아니라 엄마가 어떻게 말을 어떻게 하느냐에 따라서 어떤 어른이 되는지 좌우되는 시기라 무서운 거 같아.

우리도 다 경험했지만 그 나이 때는 한창 돈이 필요해. PC방도 가야하고 친구한테 뭐 하나 얻어먹으면 자기도 사줘야 하니까 거짓말 많이 할 거예요. 자기가 쓰려고 돈 달라고 하면 차라리 다행인데, 이게 만약에 학교 폭력이라든가 다른 것 때문에 필요한 상황이면 심각해지거든. 그러니까 스스로 돈이 필요한 이유를 솔직하게 이야기하도록 만드세요. 엄마가 볼 때는 용돈을 너무 자주 달라고 하는 거 같은데, 솔직하게 말해도 필요한 돈은 얼마든지 줄 수 있다. 이런 식으로 나는 너랑 한 편이고 한 팀이라는 사실을 계속 알려주세요.

만약에 엄마가 먼저 '너 어디서 거짓말이야?' 하고 몰아세우면 그때부터는 거짓말이 교묘해집니다. 엄마 지갑에서 돈 빼갈지 몰라요. 왜냐면 엄마가 나랑 한 편이 아니고 적이거든. 이런 상황이면 더더욱 아이가 엄마를 믿고, 스스로 입을 열게 만들어야 해.

좋은 고모 노릇이면
그걸로 충분해

1년 전 새언니가 하늘나라로 가고, 조카 둘을 제가 돌보고 있습니다. 처음에는 조카들이 너무 안쓰러워서 당연하게 생각했는데 시간이 흐르면 흐를수록 친구들도 못 만나고 아이들 돌보며 집안일만 하는 제 처지에 점점 지쳐가요. 나 없으면 당장 조카들 봐줄 사람이 없으니 조금만 참자, 했다가 아무도 없는 곳으로 떠나고 싶기도 하네요. 저는 언제까지 이렇게 살아야 할까요?

새언니가 병이나 사고로 세상을 뜬 것 같은데 사실 형편상 고모밖에 없다고 해도 언제까지 조카들만 돌볼 수도 없는 노릇이야. 직장도 다니고 또 결혼도 해야 되는데 언제까지 인생에 중요한 시기를 이렇게 쓸 거야. 오빠한테 선언하세요. 나 이런 좋은 시간에, 좋은 세월에 나도 내 인생이 있는데 언제까지 이렇게 살 수는 없다, 얘기를 해.

힘든 일이지만 아빠 혼자 아이 기르는 집 많아요. 그리고 아이 돌봐주는 전문 베이비시터도 있어요. 조카가 몇 살인지 모르지만 유치원생이면 등하교 시간에 맞춰서 데려다주고 데리고 오는 것부터 하루 종일 봐주는 사람까지 구하려고 하면 다 찾아져.

물론 가족인 고모만큼은 잘 못 봐주겠지. 그렇다고 언제까지가 희생할 수는 없어. 차라리 직장 생활 시작해서 금전적으로 도움을 주는 게 낫지 이렇게 무한정으로 내 모든 걸 포기할 수는 없어요.

내 인생을 우선으로 살면서
조카한테 좋은 고모가 되어주는 것,
그걸로 이미 충분해.

이젠 맞지 마,
그게 친엄마일지라도

스물셋 대학생입니다. 세 자매 중 첫째로 태어났는데요. 어린이집 다닐 때부터 엄마한테 쇠파이프, 유리, 가위, 칼, 몽둥이 등등 온갖 물건으로 맞았어요. 제가 아빠를 닮아서 너무 싫고, 얼른 죽었으면 좋겠대요. 자라는 동안 항상 욕을 먹었고 얼굴에 상처를 달고 살았어요. 이제 그만 지옥을 벗어나 제 삶을 살고 싶은데, 엄마랑 연 끊는 것밖에 답이 없을까요?

이거 미국 같으면 난리 나. 경찰 출동하고 바로 감옥행이야. 엄마가 딸 얼굴에 상처가 나도록 때렸다는 걸 어떻게 이해를 해야 하나. 이건 정신과 치료를 받아야 돼. 아버지에 대한 분노를 지금 딸한테 쏟아내는 것 같아. 나는 지금 당장 어머니하고 떨어져서 혼자 사는 걸 추천할게. 어머니 자체가 딸한테 화풀이를 하는 게 오랜 시간 버릇으로 굳어져 버렸어. 딸을 보면 본인도 모르게 화가 치미는 거야. 이건 정말 고치는 데 오래 걸려.

지금 우리나라 법이 아동학대는 엄하게 처벌하지만 스물세 살이면 성인이 됐거든. 그니까 엄마를 법적으로 처벌할 수가 없어. 보니까 엄마를 신고하는 걸 딸도 원하지도 않는 것 같고. 그러니까 떨어져요. 그게 모두가 사는 길이야. 요즘에는 보증금 없어도 공유하우스라 그래서 서너 명이 한 주택 같이 나눠 살고 이런 게 많아요. 용기 내서 알아보세요.

참 그 오랜 세월을 어떻게 견뎠니.

많이 아팠지? 잘 컸어요. 고생했어요.

남자는 죽었다 깨나도
여자 사이 이해 못 한다

선생님! 결혼 3년 차 새댁입니다. 시어머님께서 반찬을 가져다주신다고 하셔서 집 비밀번호를 알려드렸거든요. 근데 그 후로 연락 없이 불쑥불쑥 오실 때가 있어서 남편에게 살짝 불편하다고 말했습니다. 그랬더니 이 인간이 시어머니께 '와이프가 엄마 집에 오는 거 불편하대'라고 해버린 거예요. 센스 없는 제 남편 어쩔까요. 그리고 시어머님 마음은 또 어떻게 풀어드릴까요?

이게 요즘 핫한 이슈예요. 시어머니한테 집 비밀번호를 알려줘야 하느냐 마느냐 이것이 문제로다. 시어머니 입장에서는 맞벌이하는 아들 부부한테 반찬 가져다주고 싶은 거고, 며느리 입장에서는 내 집인데 시어머니가 아무 연락 없이 오는 게 싫다기보다는 불편한 거고.

우리 딸도 결혼하기 전에 나한테 똑같은 상담을 했어요. 어머님이 비밀번호 물어보시면 어떻게 할까? 그래서 나는 당연히 알려드려야지 무슨 소리냐, 했거든. 그데 우리 딸이 지금 결혼 6년 차인데 시어머니가 비밀번호도 안 물어보시고 전화 없이 집에 불쑥 오신 적이 한 번도 없어. 한 번은 여름에 강원도 갔다가 옥수수를 땄는데 나눠주고 싶으셨나 봐. 일하다 보니까 '옥수수 현관 앞에 두고 간다' 하고 문자를 보내 놓으셨대. 참, 우리 사돈 같은 분도 없어.

그러니까 진심이라는 거는 늘 통하는 것 같아. 시어머니도 애들 챙겨주고 싶은데 내가 불쑥 가면 혹시 불편해하지 않을까? 한 번 생각하면 방법이 많아지고, 며느리도 어머님께서 남편한테 얘기 듣고 오해하시면 속상하실 텐데, 어떻게 마음 전할까 한 번 생각하면 오해할 일이 안 생기거든.

그러니까 늦은 감은 있지만 시어머니한테 직접 '어머니 반찬 맛있고 감사해요. 근데 어머님이 연락 없이 오시면 제가 조금 부끄러워서요. 일하다 보니까 집이 엉망이에요. 사실 주말에나 하지 청소를 자주 못해요. 그래서 얘기 한 거니까 오해하지 마세요' 하고 설명을 하세요.

남자는 고부 사이 못 풀어요.

여자만큼 여자 사이 이해 못 해.

내가 얘기해볼게, 이런 거 믿지 마.

가만있는 게 도와주는 거지,

괜히 나섰다가 일만 만들어.

좋은 거 먹인다고 굶기면
그게 좋은 거냐

지난 4월 귀여운 아들을 낳은 초보 엄마입니다. 소중한 우리 아기에게 좋은 것만 주고 싶어서 모유수유를 시작했는데요. 양이 적은지 아기가 자꾸 배고파하네요. 요즘엔 모유만큼 좋은 분유도 많다지만 힘닿는 데까지 모유를 먹이고 싶은데 방법이 없을까요?

단백질하고 칼슘이 많은 고기를 배 터지게 먹어봐. 미역국도 잘 챙겨 먹고. 일단 엄마가 많이 먹어야 젖이 잘 돌지. 아니 근데 뭔 말을 해주고 싶어도 기억이 안 나네. 야, 내가 애 낳은 지 지금 50년이 다 돼 가는데 그걸 나한테 묻냐 지금? 다 잊어버렸다. 내가 무슨 산부인과 의사냐. 조금 먹어서 젖이 조금 나오는지, 아니면 체질 자체가 그런 건지 내가 어떻게 알아. 병원 가서 물어봐! 그리고 상식적으로 생각해. 애가 늘 배고파 하면 당연히 분유하고 같이 먹여야지. 몸에 좋은 거 먹인다고 굶기면 그게 좋은 거냐.

애를 키울 때 뭐가 맞는지 헷갈리거든
뭐든 아기 입장에서,
아기를 최우선으로 생각해.
그럼 답이 빨리 나와.

지금은 시댁 걱정 말고
나와 아기만 생각해

시험관 시술로 임신한 서른세 살 주부입니다. 1차 실패하고, 2차에서 겨우 성공했어요. 너무 감격스러운데 겁이 나서 시댁에 알리지 못하고 있어요. 지금 3주 차인데 혹시라도 잘못되면 너무 실망하실 것 같아서 좀 더 안정되면 알리고 싶어요. 근데 남편이 왜 알리지 안 냐고 너무 서운해하네요. 역시 빨리 말씀드려야 할까요?

너무 어렵게 임신해서 불안한 거지. 그런 마음이면 아직 알리지 마세요. 괜히 더 불안해. 보니까 아직 입덧을 안 하는 거 같아. 이게 사람마다 달라서 입덧부터 시작하는 사람도 있고 아예 안 하고 넘어가는 사람도 있어. 입덧도 시작하고 내 몸이 변하는 게 느껴져야 아, 정말 내가 임신을 했구나, 실감이 날 텐데 지금 그런 변화가 없으니까 본인도 믿어지지가 않아서 더 불안한 거야. 그니까 그런 불안부터 해소하고 얘기하는 게 순서예요.

병원에서 다 얘기했겠지만 3주 차면 아직 좀 안심하기엔 이르거든. 한 3~4개월 되면 태아가 배에 안착을 해요. 그때는 지금보다 마음이 놓일 거야. 이런 부분을 남편한테 설명하고 더 안전할 때 축하받고 싶다고 설득하세요. 그래도 서운하다고 하면 내가 그러라고 시켰다 그래. 김수미가 시켰다고, 말 안 들으면 욕 한 사발 먹여버린다고. 시댁 어른들도 왜 늦게 알렸냐고 뭐라 안 하실 테니까 걱정하지 말아요. 어른이 달래 어른인 게 아니야. 상황 아시니까 며느리 마음 100퍼센트 이해해줄 거예요.

보니까 산모가 굉장히 신중한 성격인 거 같거든? 이런 성격은 덜컥 얘기했다가 만약에 잘못되면 어떡하나 걱정하면서 스트레스받을 수 있어. 그러니까 남편이 이해를 해줘야 돼. 내 딸 친구도 이런 일이 있었거든. 정말 어렵게 임신이 돼서 6개월까지 아무한테도 안 알려어. 친정에도, 시댁에도 얘기를 안 했어.

지금 제일 중요한 건

다른 그 누구도 아닌 산모예요.

그러니까 산모가 가장 안심할 수 있도록

남편이 아내의 뜻을 지지하고

찬성해줘야 돼.

그게 엄마와 아기를 지키는

최고의 방법이야.

밥상 차리기도 전에
효심에 배가 부르다

결혼 9년 차 두 아이 엄마입니다. 저희 시어머니께서 일흔아홉이신데 2년 전부터 치매 증상을 보이시다가 이제 저를 잘 못 알아보십니다. 그렇게 정정하시던 분이 시간이 갈수록 안 좋아지시는 걸 보니 마음이 너무 아파요. 음식을 잘 씹지도 못하시고 입맛을 잃으셨는지 식사도 자주 거르세요. 빨간 고춧가루는 맵다고 다 가리시는데 입맛 돋우는 요리로 어떤 걸 해드리면 좋을까요?

일흔아홉이면 나보다 여덟 살 많으시네. 그럼 옛날 반찬을 더 좋아하실 것 같아요. 옛날, 그러니까 어머님이 예전에 자주 만들어서 상에 올렸던 거. 우리 때는 시장에 철마다 나물 재료가 나왔거든. 요즘 같은 여름에는 가지가 참 좋아요. 이가 안 좋으니까 가지를 5분만 살짝 쪄서 가지나물 해드리세요. 〈수미네 반찬〉 여름 시리즈 보면 가지김치, 가지찜, 가지전… 해먹을 게 참 많아. 우리 음식 중에 보라색 음식이 굉장히 혈액을 원활하게 해준다네.

그리고 콩나물국을 끓여서 시원하게 식혀가지고 통깨 얹어서 국물 쭉 드시게 하세요. 그냥 냉수보다도 그런 걸 좀 자주 드시게 하면 갈증도 가시고 입맛이 돌아요. 매운 건 못 드신다니까 요즘에 열무김치도 열무 잘게 썰어서 고춧가루 안 넣고 담가 놓으면 어른들 잘 드시거든. 끓인 누룽지 위에 조금씩 얹어 드리면 좋아. 이 더위에 건강한 내 부모 모시기도 힘든데, 치매 앓고 있는 시어머님 모신다니 듣는 내가 참 고맙네.

나도 맨날 기도하거든? 제발 치매만 안 걸리게 해달라고. 왜냐하면 치매는 가족들을 너무 힘들게 하니까. 그러나 누군들 치매 걸리고 싶어서 걸리겠어요. 분명한 건 이렇게 효심 깊은 자식들이 큰 아픔을 지고 있어, 어머님의 고통이 덜어졌을 거란 사실이에요.

팔자가 아니라
엄마가 될 운명

여섯 살 아래 여동생이 5년 전에 아르헨티나로 돈 번다고 건너간 뒤 임신해서 아들을 낳았어요. 저에게는 첫 조카였죠. 근데 애를 키우지 못하겠다고 친정엄마한테 보내면서 연로하신 부모님 대신 애가 둘인 저희 부부가 핏덩이였던 조카를 거두게 되었습니다. 조카가 벌써 네 살인데, 이모인 제 손에 크는 게 맞는지도 모르겠어요. 이게 제 팔자인 걸까요?

핑장히 존경스럽다. 정말 애 둘을 키우면서 동생 아이를 거두겠다는 결심을 한 건 대단한 일이야. 아이를 키운다는 건 그 인생을 끝까지 책임진다는 거라서 큰 책임과 결심이 따르는 일이거든.

철없는 동생 몫까지 언니가 철들었네. 그 무게가 상당할 거라고 생각해요.

내가 얘기하고 싶은 건, 끝에 '제 팔자인 걸까요'라고 물었는데, 맞아요. 그게 네 팔자에요. 근데 다른 말로 하면 운명인 거지. 조카한테 엄마가 되어줄 운명이었던 거예요. 이제는 다른 거 생각하지 말고 이 아이를 위해서라도 아이만 보세요. 지금 이 동생은 아기를 낳긴 했어도 친엄마라고 할 수 없어. 안 키워봐서. 지금까지 아이를 책임져 온 것도 앞으로 책임질 것도 언니네 부부야. 그럼 그게 부모지. 나중에 아이가 커서 엄마, 아빠, 감사합니다 할 거예요. 정말 복받을 거야. 내가 다 감사해요.

사춘기가 아무리 무서워도
끽해야 6개월이야

고1 아들, 중2 딸을 키우는 엄마입니다. 큰아들이 그 흔한 중2병 없이 조용하다가 이제 와서 늦은 고1병을 앓네요. 학교에서도 말 안 듣고 학원도 빼먹고 자꾸 잔소리할 일이 많아지다 보니 매일 다퉈요. 자기 인생 알아서 살 테니 내버려 두라며 방문을 쾅 닫고 들어가는 아들을 어떻게 해야 할까요. 선생님, 아들 키워본 선배로서 조언 좀 부탁드려요.

사춘기가 늦게 왔네. 중2병이 지금 온 거야. 이게 고등학생 때도 오고 대학생 때도 오거든. 내 인생 내가 알아서 산다, 이 말 나도 우리 아들한테 무지 들었어. 뭘 안다고 어떻게 알아서 살아. 아, 옛날 생각나서 부아가 치밀어 오르네.

지금 힘들겠다. 근데 이럴 때 엄마가 어떻게 하느냐가 굉장히 중요해. 지금 잘못하면 엇나가기 쉽거든요. 이럴 때는 줄타기를 잘해야 돼. 지금은 아무리 좋은 말을 해도 잔소리로밖에 안 들려. 그렇다고 또 무관심하면 안 돼. 너무 말을 안 해도 안 되고, 많이 해도 안 돼.

말은 아끼면서 사랑을 보여주세요.

그리고 쇼도 필요해. 너 때문에 엄마가 신경을 많이 써서 병났다고 좀 하는 것도 방법이야. 내 친구는 아들이 고등학생 때 온갖 사고 치고 다니면서 속을 썩이니까 하루는 붙잡고 엄마가 암에 걸린 거 같다, 그랬대. 그러니까 애가 겁 잔뜩 먹고 나아지더래. 이런 거짓말이야 부모랑 자식 사이에 하면 안 되지만 이런 사례도 있다는 걸 머릿속에 넣어둬.

사춘기가 아무리 무서워도
넉넉잡고 6개월이야. 6년 아니에요.
딱 6개월만 더 달래주고 더 참아보세요.

지금 잘 잡아주고 지탱해줘야 아이가 엇나가지 않아요. 한번 엇나가기 시작하면 끝도 없어.

문제 있는 학생들 부모가 파출소 오면 첫마디가 '우리 애가 그럴 리없어요, 우리 애는 아닙니다' 이거야. 자식에 대해서 가장 잘 아는게 엄마 같지만 가장 모르는 것도 엄마예요. 우리 아들이 설마 하다가 발등 찍히는 부모 여럿이야.

부모는 평생 죄인이라고 여든 먹은 엄마가 예순 먹은 아들한테 찻길 조심히 건너라고, 신호등 잘 보라고 잔소리하는 게 엄마 마음이잖아요. 그러니까 힘들더라도 이 고비 잘 넘겨봐요. 소나기가 암만무섭게 들이쳐도 금방 그쳐. 사춘기라는 비도 똑같아요.

사람이든 동물이든
헤어짐은 있어

열세 살 된 치와와 태양이와 둘이 살고 있습니다. 태양이는 제 첫 강아지입니다. 어릴 땐 저만 쫓아다니는 똥꼬발랄 아가였는데 열 살이 넘어가면서부터 아프기 시작하더라고요. 이제는 다리도 안 좋고 기관지도 안 좋고 결석도 생겼습니다. 문득 태양이와의 이별을 생각하면 눈물이 왈칵 쏟아집니다. 강아지와의 이별은 어떻게 준비하면 좋을까요?

사람이든 동물이든 언젠간 헤어져요.
부모와 자녀간에도,
부부간에도 이별은 반드시 와.

개가 열 살 넘으면 아프기 시작하거든. 근데 삼식이라고 내 강아지
는 열여덟 살까지 나랑 같이 살았어요. 물론 오래 살았다고 죽음이
덜 슬픈 건 아니야. 사람한테도 천수 다 채우고 죽으면 호상이라고
하는데, 가족이 죽는데 좋은 죽음 같은 게 어디 있겠어.

우리 삼식이 갈 때 병원에서 의사 선생님이 '3일 못 넘깁니다. 집에
데려가서 준비하세요' 했을 때, 나는 3일 동안 모든 스케줄을 취소
하고 삼식이랑 24시간을 붙어 있었어. 그리고 삼식이를 마지막으로
욕조에서 목욕시키면서 '삼식아 하늘나라 갈 때 깨끗하게 하고 가
자' 했지. 그때 우리 삼식이는 말귀 다 알아들었어. 사람이랑 18년
을 같이 살았으니 다 알지.

그렇게 꼬박 3일을 붙어 있는데 애가 5일 넘어갈 동안도 하늘나라
로 안 가네. 나는 혹시나 샤워하는 동안 애가 갈까 봐 무서워서 씻
지도 못했어. 근데 5일이 넘어가니까 동네 목욕탕 가서 얼른 물이

라도 끼었고 와야지 못 견디겠는 거야. 애가 가만히 누워있는 걸 보니 후딱 다녀오면 괜찮을 것 같아. 동네 목욕탕이 걸어서 10분 거리에 있거든. 가서 얼른 머리부터 감는데 심장이 막 벌렁벌렁해. 그래서 친한 세신사 언니가 비누칠해준다는 것도 됐다고 하고 집으로 막 뛰어들어갔어. 근데 우리 남편이 나 없는 동안 삼식이가 현관까지 나왔다고 하는 거야. 계속 못 일어나고 누워만 있었던 애가.

머리 감을 때 이상하게
가슴이 그렇게 뛰더라니,
그때 얘가 갈 준비를 하고 있었던 거야.
가기 전에 마지막으로 나를 찾아
현관까지 나온 거지.

방에 들어가 보니까 다행히 날 기다리고 있더라고. 내 치마에 삼식이를 폭 안고 눈을 맞췄어. '삼식아 너는 강아지고 난 사람이지만 나는 너를 한 번도 강아지로 생각한 적 없어. 넌 내 아들이라고 엄마

◇
203

가 늘 그랬지? 엄마 하늘나라 가면 우리 꼭 다시 만나자.' 마지막 인사하자마자 꿀꺽 숨 끊어지는 소리가 나더라고.

내 손으로 눈 감겨주고 꼭 안고 있는데 한 5분 되니까 팔다리가 딱딱하고 차가워지기 시작해. 그래서 얼른 준비해놓은 한지로 싸서 박스에 넣었어. 그때는 눈물도 안 나와. 다른 강아지가 보면 안 되니까 남편하고 조용히 나갔지.

우리 가족 묘지에 묻어주려고 차 타고 가는데 중간에 아무래도 애가 안 죽은 것 같은 거야. 내가 잘못 본 거 같아. 차 세워, 차 세워, 삼식이 안 죽었어, 차 세워! 난리를 피우고 트렁크 열어서 상자 열었는데 빳빳해. 어떻게, 우리 삼식이 진짜 죽었어. 묘지에 삼식이 묻고 와서 내가 한두 달 동안 아무것도 못 하고 정말 죽게 앓았어.

내가 이런 얘기 왜 하냐면, 무서워하지만 말고 마음의 준비를 해야 한다는 거야. 각오하세요. 태양이 보내고 나면 말도 못하게 괴롭고 힘들 거예요. 심장의 반은 뚝 떨어져 나갈 거예요.

그러나 그 슬픔을 감당하는 것까지가
태양이 엄마의 몫이고 책임이에요.
누구도 대신해줄 수 없어요.

언제가 될지는 모르지만 그때가 오면 마지막까지 잘 돌봐주고 하늘 나라 보내주겠다고 결심하세요. 마음을 다잡으세요.

수미 TALK

 선생님은 최근에 언제 가장 행복했어요?

어젯밤에 아주 잠깐, 아주 많이

 오!!! 왜요???

내가 밖에서 워낙 말을 많이 하니까
집에 들어가면 말을 안 해

근데 우리 스텝 중에 우리 강아지들한테
말을 많이 걸어주는 친구가 있어

그니까 깜순이랑 밤순이가 걔가
집에 오면 그렇게 환장을 해

 놀아줘서 그런가?

그치..그거 보고 내가 반성을 많이 했어

아무리 힘들어도 집에오면 애들한테
말을 걸어줘야겠다

그래서 어제 집에 들어가자마자 쓰러지고 싶은 거 참고

밤순아~ 이리와~ 밤순이 부르니까
깜순이가 크아아아아ㅏㅏ 난리야 난리

왜요?

깜순이 별명이 장희빈이거든 질투가 많아서

ㅋㅋㅋㅋㅋㅋㅋㅋㅋㅋㅋㅋㅋ귀여워 😍

그래서 깜순아 너도 이리와 안아줄게~

하니까 얘들이 신이나서 침대에
머리를 박고 막 난리가 났어

그때 나 짧은 순간이지만 너무 행복했어

찐사랑 💙💙💙💙

내가 조금 노력했는데 얘네가 이렇게
행복하는구나 싶어서 참 행복하더라

살다 보면 인연 맺기는 참 쉬워.

누구 소개로 안녕하세요, 술 먹다가도 반갑습니다,

오다가다 남이 떠먹여주는 인연이 참 많기도 해.

그러나 인연이 필연이 되려면 오랜 노력이 필요하고

잘못 맺은 악연을 끊어낼 땐 피눈물이 쏟아져.

에라이, 인연 참 더럽구나, 싶을 때도 있지만 사람은

생이라는 긴 여정을 혼자 갈 수 없기에

누구나 이렇게 맺고 끊기를 반복하며 동행을 구해요.

한 가지 기억해야 할 것은 같이 걷는 길에도

혼자 걷는 길에도 언제나 끝은 있다는 거야.

돈 없는 친구를 만날 땐
선빵 때리기

제 친구는 다 좋은데 '나 오늘 돈 없어' 소리를 입에 달고 살아요. 만나자고 하면 빈손으로 나와서는 제가 돈 내는 걸 당연하게 생각해요. 돈 문제만 빼면 정말 좋은 친구라 계속 만나고는 싶은데 돈 문제로 자꾸 스트레스받아서 고민이에요! 계속 만나도 될까요?

정답 있어. 만나자마자 선빵을 쳐. "나 오늘 땡전 한 푼도 없어!" 하고 먼저 얘기해. 그리고 진짜로 돈 가지고 나가지 마. 딱 차비만 가지고 나가. 주머니랑 지갑 탈탈 털어서 진짜 돈 없는 거 보여줘. 이랬는데 돈 없다고 실망한 눈치를 보인다거나 불편한 티를 낸다거나 하면 그날이 이 친구랑 빠빠이 하는 날이야. 친구고 뭐고 이건 고민할 가치가 없는 거야.

근데 너 돈 없어? 나도 없는데? 그럼 우리 걸을까? 이러면서 그냥 길거리 걸어 다니는데도 즐겁다.

돈을 안 써도 재밌는 친구랑은
앞으로도 10년이고 20년이고
돈 걱정 없이 놀 수 있어.

그런 친구라면 지금 돈이 없어도 언젠가 용돈이 생기면 너랑 놀려고 가지고 나올 거야. 일부러 안 가지고 나오는 게 아니니까. 자, 됐지? 고민 해결!

거짓말로 산 관심은
수명이 짧은 법이야

인터넷에서 만난 친구들에게 자꾸만 거짓말을 합니다.
처음엔 감기 걸렸다고 하니까 인친들이 엄청 걱정해주
는 거예요. 그게 너무 좋았습니다. 제가 할머니랑 둘이
서 정말 외롭게 자랐거든요. 그 뒤로 교통사고 났다, 응
급실이다, 계속 거짓말을 하게 돼요. 이러다 더 큰 거짓
말을 하게 될까 봐 걱정이에요.

딱 들어 보니까 네가 너무 외로웠구나. 누가 걱정을 해주는 거에 행복을 느꼈다는 걸 보니까 정이 고팠어. 그런데 교통사고 났다, 응급실이다 이런 거짓말로 다른 사람의 관심을 사는 건 본인한테 굉장히 마이너스야. 양치기 소년 알지? 거짓말 한 번, 두 번, 세 번 하다 걸리면 완전 아웃이야. 그땐 아무리 진실을 애기해도 안 믿겨. 거짓말은 꾸며낸 말이라서 자꾸 반복하다 보면 주위 사람도 눈치를 채. 그럼 또 본인은 필사적으로 믿게 하려고 말을 보태고 뺑튀기할 거란 말이야. 이게 반복되다 보면 똥 같은 습관이 되는 거야.

사람의 관심은 진심으로 구하세요.

'아, 옆구리 시리다는 게 뭔 말인지 알겠다' 하고 간접적인 말도 좋고 '나 우울해 죽을 거 같으니까 좋은 음악 좀 들려줘' 하고 직접적인 심정도 좋아. 그렇게 하면 친구가 많아질 거예요. 거짓말 안 해도 나에게 관심을 가져주는 진짜 친구가.

◇

스물셋,
영화 같은 너희들

친한 친구가 스물셋 어린 나이에 유방암 진단을 받았습니다. 어려운 가정 형편에 아버지랑 어머님 모두 편찮으셔서 가장 역할을 하는 친구인데 가슴에 콩알 같은 게 잡힌다며 걱정을 하더라고요. 근데 그게 암이래요. 왜 이런 영화 같은 일이 제 친구에게 일어난 걸까요? 제 친구에게 뭐라고 위로를 해야 할까요?

그래, 인생이 영화야.
그 영화가 매일 코미디고
해피엔딩이면 얼마나 좋겠니.

요즘 이상하게 젊은 세대에 암이 많이 생긴다더라. 앞길 창창한 애들 몸에 그 흉한 게 왜 생기나 몰라. 근데 겁낼 거 없어. 요즘 유방암 정도는 수술받으면 얼마든지 살아. 안젤리나 졸리도 가족력으로 유방암이 있어서 유방 한쪽을 미리 제거했어요. 그러고도 멋있게 살잖아요. 그 아들이 연세대학교 입학했다지 지금? 너희랑 동갑인가?

보니까 친구가 참 강한 타입인 거 같은데 이럴 땐 그냥 같이 있어 줘. 둘이 하루 이틀이라도 어디 조용한 데로 여행을 다녀와. 바닷가를 건든가, 예쁜 꽃밭을 보든가. 멀리 가기 힘들면 카페 같은 데 앉아서 실컷 떠들어. 굳이 암이 어쩐다더라 이런 얘기 꺼내면서 위로할 필요 없어. 지금은 어떤 말로도 위로가 안 돼요. 그냥 즐거운 얘기, 재밌는 얘기 하면서 친구가 지금 상황 잠깐 잊고 마음을 좀 편하게 가라앉힐 수 있게 같이 있어 주면 돼. 지금은 그거면 충분해요.

머리채 잡고 싸우는 것만이
능사는 아니야

언니랑 같이 사는데 너무 더러워요! 퇴근해서 집에 오면 입던 옷, 양말, 침대 위에 휙, 쓴 수건은 베개 위에 툭, 화장 솜 휴지는 화장대에 수북이! 그리고 배수 구멍에 머리카락도 안 치워요. 진짜 뒤통수 한 대 콱 쥐어박고 싶어요!

아주 좋은 방법이 있어. 너도 해. 언니 침대에다가 입었던 팬티 브라자 깔아놓고 과자 부스러기랑 땅콩 껍질 다 뿌려봐. 뭐든 언니가 하는 거 딱 세 배만 더 해. 그럼 언니가 치울 거야. 간단해. 근데 생각만 해도 미칠 것 같으면 답 없어. 그냥 치우는 게 내 팔자구나 하고 내가 치워야지. 안 치우는 버릇은 영영 못 고치거든. 내가 딱 그랬어. 오래전에 친한 친구랑 여행을 갔어. 몇십 년 된 친구인데 같이 살아본 적은 없잖아. 애랑 딱 3일 있었는데 이건 미치는 거야. 나는 호텔서 하룻밤을 자더라도 서랍에 속옷부터 딱딱 넣어 놓고 정리부터 하는 스타일이야. 근데 애는 한여름에 냄새나는 속옷이며 스타킹을 구석에 툭툭 벗어놓고…. 하나부터 열까지 말도 못 했지. 근데 내가 말을 꺼내기 시작하면 싸우다 여행을 망칠 것 같아서 하루는 참았어. 딱 하루 참아지더라고. 그다음 날은 못 참겠어서 이튿날부터는 내가 더 했지. 그랬더니 애가 그래. "어머, 너 깔끔하다고 들었는데 어쩜 이러니?" 내가 거기다 대고 뭐라 그랬게? "너한테 보조 맞추려고." 그랬더니 깔깔깔 웃으면서 지가 치우더라고. 여기서 교훈은 내가 스트레스받을 때, 상대방도 스트레스받지 않고 해결할 방법을 찾아야 끝이 좋다는 거야. 나처럼 해 봐. 더 더럽게, 평화적으로다가.

남말 귀담아듣다
내 속만 상하지

마흔한 살인 결혼 4년 차 주부입니다. 작년 가을에 임신을 했는데 6주 만에 유산했어요. 나이가 많아서 조바심 나는데 주변에선 왜 애 안 가지냐고, 이미 노산이라고 한마디씩 하니까 저한테는 그 말이 다 비수처럼 꽂혀요. 어떻게 해야 그런 말 듣지 않을까요.

보니까 주변에 어른들이나 좀 어려운 사람들이 많아서 그런 말 하지 말라고 하기가 어려운 상황인 거 같은데, 그럼 이런 말을 비수처럼 받아들이진 마세요. 상대방이 그런 말 할 때, 듣기 싫어하고 안 들으려고 하면 더 스트레스야. 남의 입을 하나하나 막을 수 없으면 일정 부분은 감당해야 돼. 나도 누가 내 욕하고 악플 달 때 그렇게 생각해. 번지수 찾아다니면서 저 입을 다 막을 수가 없으니까 그냥 내버려 둔다. 대신에 저 말에 그 어떤 상처도 입지 않겠다. 물론 듣기 싫지. 아니, 누가 일부러 안 낳아? 지금 난임이어서 마음 고생 중이고 더군다나 아픈 경험해서 고통스러운데 왜 보는 사람마다 돌을 던져. 그러나 남의 사정 모르고 멋대로 떠드는 사람들 이야기를 귀담아들을 것도, 가슴에 꽂을 것도 없어요.

노산이라고 하면 한마디 하세요. 참지 말고. 결혼한 지 4년 차니까 늦은 것도 아니고 일단 한번 임신을 해봤잖아. 그니까 충분히 애 가질 수 있어요. 내가 운이 좋아서 이렇게 기운 나눠주면 바로 애 생겨. 그러니까 믿으세요. 내 속이 꽃밭이어야 아기가 편히 오지. 아기도 편한 자리 찾아서 들어서는 법이야. 엄마가 마음 편히 먹고 이부자리 깔아놔. 예쁘게 와서 눕게.

사람 무서워하지 말고
조금씩 좋아지면 돼요

전 중3인데요, 너무 소심해요. 친한 친구한테 무시당해도 말 한마디 못하고 매일 밤 혼자 울어요. 대인기피증도 생겨서 사람 많은 데 가면 숨이 안 쉬어지고 어쩔 땐 주저앉기도 해요. 상태가 심해져서 상담 치료도 받아 봤는데, 그때뿐이에요. 자신감 넘치고 당당한 사람이 되려면 어떻게 해야 해요?

타고나길 내성적으로 태어나는 사람들이 있어. 수줍음도 많고 말하는 것도 조용조용해. 연예인 중에도 이런 성격 많아. 근데 소심한 게 죄냐? 타고난 성격은 나쁜 게 아니야. 목소리 크고 나대는 사람은 치켜세우고 조용한 사람은 무시하는 것들이 못돼 처먹은 거지.

내가 볼 때 너한테 필요한 건 성격 개조가 아니고 할 말을 내뱉는 훈련이야. 사람이 꼭 말을 크게 하거나 세게 해야지만 당당한 게 아니야. 요즘에는 소리 안 높이고 속엣말 잘 정돈해서 하는 사람이 더 잘났다고 대접받아. 그러니까 네 기분이나 생각을 짧게 조금씩 말하는 연습을 해 봐. 속상한 일엔 할 할은 할 말을 못 할 때 생겨.

매일 밤 혼자 울었다는 걸 봐서는 그동안 참 속상한 일을 많이 당한 거 같아. 내가 참 걱정이 되는 건 네가 이미 사람을 무서워하는 단계에 들어간 거 같다는 거야. 사람 많은 데 가면 숨이 안 쉬어진다는 것도 공황장애 증상 중 하나인데, 연예인들 중에 이 병 앓는 이들이 참 많거든. 나도 예전에 다 겪어본 거라 이거 하나는 확실하게 얘기해줄 수 있어. 부딪혀 봐. 피하지 말고. 반드시 좋아질 거야.

이게 좋아, 그건 싫어, 그게 맞아, 이건 아니야, 짧게라도 네 생각이나 마음을 자꾸 뱉어내는 연습을 하다 보면 어느 순간 말 할 수 있다는 자신감이 붙어. 그동안 못했어도 중3이면 이제 고등학교 올라가잖아. 학교도 바뀌고 환경도 바뀔 테니 새로 시작하기 얼마나 좋아. 상담 치료도 계속 받아.

상담 치료받으면
잠깐 좋아진다고 했잖아.
그 '잠깐'을 모으고 모아서
오래 좋아지는 게 이런 마음 치료예요.

정신이나 마음 치료에는 수술이 없어. 뭐가 잘못됐다고 째거나 꿰맬 수가 없다고. 그러니까 조금씩 계속 꾸준히 치료받아야 해.

자신감 넘치는 사람이 되고 싶다고 그랬지? 자신감은 절대 다른 사람이 심어 줄 수 없어. 누군가 칭찬을 해준다든가 해서 남이 심어준 자신감은 당장 그 사람이 없어지면 무너져. 그러니까 흔들리지 않는 자신감은 본인 스스로 쌓아야 해.

죽이고 싶은 인간은
슬기롭게 지혜롭게 조져

30대

스물셋 어린 나이에 결혼해 딸이 둘이에요. 최근에 남편이 바람난 걸 상간녀의 문자를 받고 알았어요. 그 여자는 제게 미안한 기색 하나 없이 남편이 자신을 속이고 가지고 놀았다고 길길이 날뛰었고, 현재 정신적 피해를 입었다고 저를 고소한 상태예요. 참나, 피해 보상은 제가 받아야 하는 거 아닌가요? 정말 저 여자를 어떻게 하죠?

◇

223

남편 새끼 전화번호를 알려주지. 그러면 이 놈을 내가 진짜…. 애들 생각해야지. 가운데가 달랑달랑 흔들릴 때까지 뛰어서 돈 벌어도 시원찮은데, 이 새끼 진짜 미친 새끼 아냐. 남편은 차차 죽이기로 하고, 저 상간녀, 저거부터 슬기롭게, 지혜롭게 죽여. 나도 오래전에 비슷한 일을 겪은 적이 있는데 그 여자를 정말 가지고 놀았어. 그 여자가 성이 강 씨였나 그랬는데 '아우 미스 강이 벌써 열 번째야' 그랬지. 그랬더니 '네? 그러면 나 말고 여자가 또 있었어요?' 그러면서 부들부들 떨어. '그래, 미스 강이 열 번째라니까. 이번엔 얼마나 가려나. 암튼 잘 좀 만나 봐요' 이러고 딱 끊었어. 아주 분이 올라서 팔짝팔짝 뛰더만. 자기 남자가 딴 여자 만난다니까 아주 눈 돌아가지. 자기가 내 눈 돌아가게 만든 건 생각 못 하고 아주 눈앞이 시커메졌을 거다. 이렇게 제대로 조져놓으면 아주 두고두고 속 시원해.

짐승이랑 상종하지 마,
넌 사람이야

초등학교 때 심하게 왕따를 당했습니다. 그 기억 때문에 친구를 제대로 사귈 수 없었고 지금도 다른 사람의 눈을 제대로 쳐다보지 못해요. 고3이 되어 그 왕따 주동자 중 한 명과 같은 반이 되었습니다. 그 아이를 볼 때마다 옛 기억이 되살아나 괴롭습니다. 숨이 막힙니다. 담임선생님께서는 옛날 일이니 잊으라고 참으라고 하시지만 전 도무지 잊을 수가 없습니다.

정말 속상하고 약 오르고 내 속이 다 뒤집어진다. 이런 것들은 그냥 사람으로 생각하지 말자. 걔네들이 제대로 철이 들고 제대로 된 사람이면 그랬겠니. 그냥 짐승들, 동물들한테 당했다고 생각해.

그렇지 않고 이성적으로 계속 곱씹으면 본인이 더 괴롭고 힘들고 속상할 거야. 예전에 왕따를 당할 때도 너무 아팠는데 그 기억 때문에 지금 또 우울증이 올 수 있어. 그럼 두 번 아픈 거잖아. 정작 가해자는 자기가 사람 인생에 얼마나 깊은 상처를 준 건지 인지도 못하는데 나만 10년 가까이 앓고 또 우울증까지 걸리면 너무 억울하잖아.

정말 속상하지만 우리의 육체가 어리고 순수할 때 가끔 짐승이 와서 들이받기도 해요. 모든 사람이 싸울 준비가 됐을 때 적을 만나는 건 아니야. 그냥 저건 뱀이야. 그래, 내가 뱀하고 상종할 수는 없지, 난 사람이야. 이렇게 한 번 과감하게 털어 버리세요.

그 힘든 시간 참 잘 견디고 잘 컸어요. 대견해요. 내가 많이 칭찬해 줄게요.

세상 모든 가해자들아.
부디 너희 아들딸은 너 같은 사람
한 교실에서 만나지 않길 기도하마.
그게 얼마나 힘든 일인지 아니까.

친구라고 봐주는 데도
한계가 있다

아홉 살에 만난 소꿉친구가 있는데 사춘기가 늦게 왔는지 온갖 일탈은 다 하고 돌아다녀요. 고3인데 담배 피고 술 마시고 이젠 가출까지 하면서 경찰서를 들락날락합니다. 제가 뭐라고 하면 아는 언니한테 이른다고 협박하고, 얼마 전엔 제가 좋아하는 남자랑 썸까지 탔어요. 친구의 변한 모습을 볼 때마다 너무 낯설고 힘들어요. 어떻게 하면 이 친구를 도울 수 있을까요?

상황이 이렇게 변하면 아무리 친한 친구라도 슬슬 거리를 두고 멀어지기 마련인데 바로 잡아주려고 애쓰는 마음이 곱다. 근데 현실적인 조언 하나 하자. 상대방이 받아줄 자세가 돼 있지 않은데 왜 너 혼자 애를 쓰니. 고3이면 너한테도 아주 중요한 시기야. 대학 입시 준비하기도 바쁠 텐데 왜 봉사를 하려고 들어.

네 시간과 정신을 뺏어 먹는 친구를 친구라는 이유로 언제까지고 봐줄 순 없는 거야.

내가 이 나이 먹고 보니 친구는 크게 세 가지 종류가 있어. 내가 추우나 더우나 늘 나에게 빵을 주는 친구, 내가 춥고 배곯는 겨울 한철 땐 사라졌다가 여름에 나타나는 제비 같은 친구, 마지막으로 늘 시시비비를 몰고 다니는 친구. 현재로서는 너한테 이 친구는 나쁜 상황을 물어 올 수 있는 가장 위험한 친구야.

친구가 옛날엔 안 그랬는데 갑자기 불량스러운 행동을 한다는 건 사춘기가 심하게 왔다는 선에서 이해를 할 수 있어. 근데 인맥 들먹이면서 네가 좋아하는 남자랑 만났다는 건 싹수가 노랗다. 안 좋은 무리랑 어울리면서 나쁜 물이 들어서 그랬다 해도 조짐이 안 좋아.

돕고 싶은 마음만으로는
누군가를 갱생할 수 없어요.

시간 뺏기고 돈 뺏기고 어쩌면 너만 상처받을 수 있어. 인생에서 가장 중요한 시기에 나쁜 상황에 휘말릴 수도 있어. 그래서 마음 아프더라도 좀 끊어냈으면 해. 아마 엄마 마음도 같을 거야. 그런데도 이 친구를 돕고 싶다면 각오해. 앞으로 마음 아릴 일이 더 생길 거야. 반쯤 포기하고 한 걸음 물러서서 지켜봐. 네 나이 땐 물에 빠진 사람 건지려다가 같이 빠지기 쉽다는 걸 머릿속에 새겨 봐.

청첩장은 아끼고
결혼 소식은 널리

다음 달에 결혼하는 서른넷 예비 신랑입니다. 결혼 준비
하면서 가장 어려운 게 청첩장 돌리기 같아요. 제가 경
주에서 살다가 지금 서울에서 헬스장을 하고 있거든요.
근데 자주 연락 못 하는 경주 친구들이나 헬스장 회원분
들한테 청첩장을 돌려야 할지 고민입니다. 주자니 부담
스러워할 것 같고, 안 주자니 섭섭해할 것 같고, 뭐가 맞
나요?

경주고 서울이고 동네가 중요한 게 아니야. 다음 달에 결혼하는 새끼가 왜 지금 청첩장을 보내. 미리 보냈어야지, 이 새끼야!

청첩장은 아끼고 소문은 부지런히 내.

고민하다가 시간 더 잡아먹지 말고 그냥 본인이 편한 사람한테는 주고 아닌 사람한테는 보내지 마요. 대신에 결혼한다는 소식은 동네방네 퍼트러. 그동안 쭉 연락을 안 하다가 청첩장 보내는 건 민폐야. 나도 한 10년 만에 연락 와서 청첩장 줄 테니까 만나자고 하면 욕 나와.

정말 축의금 낼 사람은 청첩장 없이도 찾아옵니다. 그러니까 청첩장 남발하지 마세요. 어차피 500장 뿌리면 200명 와. 그런 걸로 스트레스받지 말고 그 시간에 광고를 한 번 더 하세요. 헬스장에 '몇 월 며칠 몇 시 어디에서 결혼합니다!' 이렇게 써 붙이든가 플래카드를 뽑아서 걸어. 이거는 돈 낼 사람들한테는 봉투 내놓으라고 하는 소리고, 아는 분들한테는 그냥 행복한 소식을 전하는 거야. 봉투도 많이 받고 축복도 많이 받고 행복한 결혼식 올려요.

너의 베드 프렌드 아니,
베스트 프렌드에게

"회사를 그만둔 후부터 베프가 자꾸 사람 속을 긁어요. 너 이제 백수니까, 백수라 할 일도 없을 텐데, 백수가 무슨 돈이 있겠냐. 아주 입만 열었다 하면 백수 백수…. 정말 너무 짜증 나서 한마디 해주고 싶은데 뭐라고 하면 좋을까요?"

◇
233

취직해. 그럼 백수 소리 안 듣잖아. 왜, 그 말이 아닌데 싶어? 그래. 남이 백수 타령하는 게 대수겠어. 지가 속으로 나 어떡해, 나 이러면 안 되는데, 하고 졸아드니까 아무것도 아닌 소리에 마음이 곤두서는 거지.

사표 내고 한 열흘은 좋았을 거다. 근데 열하루부터 가슴 뛰고 불안하지? 그러지 마. 몸 쉴 때 마음도 쉬는 거야. 어차피 너 백수 계속하고 싶어도 얼마 하지도 못해. 다시 일하게 돼 있어. 일은 늙어 죽을 때까지 하는 거야. 나 봐라. 내 나이가 칠십한 개인데 쉬지도 못하고 여태 일해. 이게 네 미래야.

느긋하게 쉬면서 한번 생각해봐. 정말 속 긁는 소리였나. "백수라 할 일도 없을 텐데" 그 말 뒤에 뭐 나왔어. 나와라, 만나자, 아니었어? "백수가 무슨 돈이 있겠냐" 하고 돈 내놓으래? 오늘은 내가 살게, 돈 아껴 써, 그런 말 아니었고?

사람 마음이 그래. 다치는 일이 많다 보니 힘들고 어려울 땐 반사적으로 가시를 세운다고. 근데 그러다 가까운 사람을 무시로 찌를 수도 있어. 베프라며. 너희들 말로 베스트 프렌드. 상황이 베드할 때 함께 하는 게 베스트 아니야? 욱하는 마음에 제일 좋은 걸 잃지 마. 살다 보면 누구나 인생에 힘든 시기가 와. 경제적으로든 심적으로든.

힘든 시기가 제일 지랄맞은 건

그때 좋은 걸 많이 잃게 되는데

뭘 잃어버리는지 당시엔 모른다는 거야.

인연은 우연,
이별은 만듦

제 룸메이트는 저보다 월급도 많이 받는데 제가 사 놓은 마스크팩을 자꾸 써요. 열 개를 사면 다섯 개를 그 친구가 쓰는 것 같아요. 그래서 '마스크팩 쓸 거면 돈 반반씩 내서 사자'라고 했더니 '치사하게 그거 얼마나 한다고 뭐라고 하냐. 내가 백 개 사다 줄게'라고 하더니 한 달이 지난 지금도 안 사 와요. 어떡하면 좋을까요?

입장을 바꿔서 생각해보자. 나는 상대방한테 섭섭하다 싶으면 옳고 그른 걸 따지기보다 입장을 바꿔놓고 생각하거든. 일단 너보다 친구가 조금 형편이 어렵거나 하면 돈 얘기 꺼낸 거 자체에 자존심이 상할 수 있어. 같이 쓰는 거니까 돈을 반씩 내자는 말이 맞는데도 걔 입장에서는 '몇백 원짜리 마스크팩 좀 썼다고 돈을 내놓으라고 해? 지금 나 무시해?' 하고 기분이 나쁠 수 있어. 형편이라는 게 원래 사람 마음을 작아지게 만드니까.

둘이 룸메이트까지 하기로 할 정도면 일단 마음이 맞았단 소리잖아. 이렇게 소소한 것 가지고 한 번 미워하기 시작하면 관계에 금이 가. 금이 간 관계는 깨지기 쉽고 한 번 깨진 관계는 원상 복구가 안 돼. 마스크팩 같은 걸로 나쁘게 헤어지면 서로 정들었던 시간이 상처로 남을 거야. 인연 맺기는 쉬워. 오다가다 만날 수도 있고 술자리에서도 만날 수도 있고 누구 소개로 만날 수도 있어.

그러나 끊기는 몇 배로 어려워.
저절로 되는 게 아니야.
끝을 내가 정해야 되거든.

◇

같이 살다 보면 사소한 걸로 부딪히고 틀어져. 어떨 땐 숨 쉬는 거, 밥 먹는 것도 꼴 보기 싫어. 부부간에도 큰 사건으로 이혼하는 게 아니야. '여보 양말 벗은 것 좀 빨래통에 제대로 넣어줘. 침대 밑에 쑤셔 넣지 마' 이걸 백번 하다가 결국에 폭발해서 이혼까지 가거든. 지금 당장 싫다고 다신 안 봐, 하잖아? 시간이 흐른 뒤에 보면 아, 내가 그때 좀 참을 걸, 왜 그런 걸로 싸웠나, 후회하게 돼. 작은 걸로 그렇게까지 화가 났던 게 우습고 허탈하거든.

그러니까 좀 더 양보하세요. 마스크팩 한 스무 개 사다 놓고 '내가 너 쓸 거까지 여유 있게 사 왔어' 하면서 베풀어 봐. 룸메이트도 양심이 있으면 다음에 자기가 사 올 거야. 만약에 계속 남이 사 오는 것만 넙죽넙죽 자기 얼굴에 처 붙인다? 그땐 미련 없이 갈라서. 그거 개년이야.

세상사 어디에나
뒷담화가 있다

수업 끝나고 집에 가려다 강의실에 지갑 놓고 온 걸 알았습니다. 부랴부랴 강의실로 돌아갔더니 후배 몇몇이 모여 제 뒷담을 까고 있더라고요. 후배한테 밥을 안 산다는 둥, 은근히 후배 괴롭히는 타입이라는 둥…. 따지지 않고 그냥 나오긴 했는데 그 이후로 후배들한테 인사도 못 받겠고 친하게 지내지도 못하겠어요. 친한 척하다가 또 뒤에서 내 욕하겠지, 하는 생각밖에 안 들어요.

세상사 어디에나 뒷담화가 있어요. 내가 일흔이 넘는데 아직도 뒷담화를 까여. 내 앞에선 '어머, 선생님 안녕하세요. 잘 보고 있어요' 이러던 것들이 딱 돌아서면 '김수미 간다. 쟤 욕 잘하더라' 그래. 너는 대학 후배니까 한두 살 어린 것들이 이름 불렀지. 그 정도는 약과야. 나는 열 몇 살 어린 것들이 '쟤'라고 그런다.

신경 쓰지 마. 기분은 나쁘지만 그 후배들이 나빠서가 아니야. 어느 나라를 가든 세 사람만 모이면 뒷담화가 시작이 돼. 내용을 보니까 소 새끼 말 새끼 찾은 것도 아니네. 더 심한 욕 들었으면 어떡할 뻔했어? 그리고 이거는 자리에 사람 없을 때 지들끼리 하는 얘기를 우연히 들은 거잖아. 없는 자리에서 교수님 욕도 하는데 너를 왜 못 씹어.

못 들을 걸 들었을 때는
안 들은 걸로 해.

그냥 귓구멍에서 파내버려. 할 수 있어. 억울하면 너도 걔네 뒤에서 선배 욕한다고 씹고 다녀.

내가 씹을 때는 재밌는데
내가 씹히니까 죽을 맛이지?
뒷담화란 게 원래 그래.
그러니까 다 잊고 훌훌 넘겨.

인연 끊을까 말까
고민될 때는 심플이 베스트

유치원 때부터 함께한 친구가 있습니다. 근데 이 친구는 고민이 있을 때 저한테 자기 힘든 얘기는 실컷 하면서 제 고민은 바쁘다는 핑계를 대면서 들어주지 않아요. 이런 일이 반복되다 보니 제가 마치 그 친구의 감정 쓰레기통이 된 기분이에요. 연락을 끊기엔 너무 오래된 친구고, 연락을 계속 받자니 속이 상하고, 이럴 땐 어떻게 해야 할까요?

자기 고민이나 속상한 얘기를 다 털어놓는다는 건 상대방을 굉장히 믿고 있다는 거예요. 근데 자기는 실컷 얘기하면서 상대방 얘기를 안 듣는 건 참 이상하네. 만약에 고민 내용이 너무 어려워서 도움을 줄 수 없는 문제라거나, 답이 없어서 들을 자신이 없다거나 하면 피할 수도 있을 거 같아.

나는 요리하는 사람이라
금방 사귄 친구는 겉절이,
오래된 친구는 묵은지라고 표현해.

겉절이 같은 친구는 신선하고 재밌지. 10년, 20년, 30년 된 친구는 묵은지처럼 깊어. 신선한 맛은 없어도 편하고 통하는 게 있지. 근데 이 둘은 이도 저도 아닌 것 같아.

이렇게 뭔가 껄끄러울 땐 심플하게 가세요. '너 왜 내가 힘들 때 내 말을 안 들어주니?' 하고 물어보세요. 그리고 친구가 뭐라고 대답을 하는지 듣고 연락을 끊을지, 계속 만날지 판단해.

◇

커피 사주고
꼰대 되는 건 뭐냐

개강 앞두고 후배들에게 커피를 한 잔씩 사주기로 했습니다. 얼마짜리 시켜라, 말은 안 했지만 저도 아르바이트하며 생활하는 처지라 내심 적당한 선에서 시켜주길 바랐습니다. 그런데 후배 한 명이 비싼 음료에 여러 가지 토핑을 얹어 주문하는 거예요. 그러면서 공짜로 얻어먹는 거라서 비싸게 주문한다고 하더라고요. 그 말에 울컥하는 저, 혹시 젊은 꼰대인 건가요?

당연히 기분 개 같지. 돈은 네가 낼 거니까 난 비싼 거 먹을 게요, 이러는데 약 안 올라? 젊은 꼰대 이건 또 뭐야. 커피 사주면서 별 거지 같은 고민을 다 하네.

같은 말이라도 '평소에는 이렇게 못 마시는데 선배 덕분에 맛있게 마셔요' 하고 말이라도 예쁘게 하면 덜 열 받지. 정말 별꼴이다. 눈치가 얼마나 없으면 저게 가능해?

친구였으면 네 돈으로 처먹으라고 넘어갈 건데 후배라서 그럴 수도 없잖아. 그냥 보이스피싱 싸게 당했다고 생각해. 기분 찝찝하겠지만 그냥 한 끼 굶고 퉁 쳐. 그 후배가 몇 살 어리고 또 얼마나 후배인지 모르겠는데 그냥 내버려 둬. 저렇게 살다가 언젠가 나 같은 사람 만나면 혼꾸녕납니다.

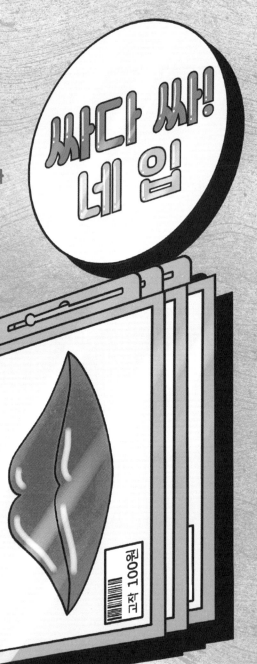

입 100원짜리가
피해는
100만 원어치
입히는 법이야.

입 싼 년이랑 붙어 다니다
피똥 싼다

제 친구는 입이 진짜 가벼워요. '나 남자친구 생겼어. 너만 알고 있어'라고 했는데 어느새 우리 반 애들 전체가 다 알고 있고요. 지난번에 학교를 며칠 못 나오게 됐는데 왜 못 오는 거냐고 자꾸 물어봐서 '사실 나 치질 수술하러 가. 근데 이거 진짜 비밀이니까 꼭 너만 알고 있어'라고 했거든요. 근데 수술 받고 학교에 오니까 우리 반 아이들 다 알고 있더라고요. 얘 진짜 어떡하죠?

이건 기억해라. 입 싼 애랑 같이 놀면 너까지 주변 사람들한
테 신뢰를 잃어. 상대방의 비밀을 지켜주는 게 진정한 예의거든. 친
구끼리 배신을 하진 말아야지. 치질 수술이 네 나이에 얼마나 수치
스러운 일이니. 근데 그걸 반 전체에 소문을 냈으면 말 다 했지.

입 싼 것들은 나이를 먹어도
그 버릇을 못 고쳐.
그리고 꼭 옆 사람 피 보게 만들어.

절대 비밀이니까 말하면 안 된다는 말까지 고스란히 퍼트리고 다
녀. 입으로 망할 년 옆에 붙어 있지 마. 같이 망해. 조심해. 이런 애
랑은 친구 먹지도 놀지도 마. 나는 반대야.

사람이 떠나갈 땐
그 사람과 만든 추억도 떠나

30대

바쁘게 사느라 서로 연락 뜸했던 30년 지기가 있어요. 이번 가을에 결혼 앞두고 소식 전하려고 연락을 했는데 그 친구도 결혼을 한다는 거예요. 미리 알려주지 않은 게 조금 서운했지만 결혼식은 가겠다고 얘기했습니다. 그런데 모바일 청첩장 받아 보니 예식을 지방에서 하네요. 멀기도 멀지만 하필 가족 여행 일정이랑 겹쳐서 시간 내기가 어려운데 그래도 가야 할까요?

◇
249

예전에는 아주 친한 친구였는데 사회에 나와서 취업하고 회사 다니고 그러다 보니까 자연스럽게 멀어진 케이스야. 안타까운 건 친구의 잘못도, 누구의 잘못도 아닌데 이미 둘 사이에 거리가 생겼다는 거야. 그 좋았던 사이가 예전 같지 않고 남남처럼 된다는 게 참 아깝지.

어느 정도 서운한 감정이 생겼을 거 같아. 왜냐하면 결혼 소식을 알리려고 연락을 했는데, 이 친구가 자기도 결혼한다고 늦게 얘기했잖아. 먼저 알려줬으면 또 상황이 달랐겠지만 이미 가기 싫은 마음이 생겼을 수도 있어. 그러나 이별 선물이라고 생각하고 가 줘요. 아주 친했던 예전을 생각해서 참석해줘요. 만약에 가족 여행 때문에 힘들어도 결혼식에 짠 나타나면 굉장히 고마워할 거예요. 갔다오고 나면 본인 마음도 훨씬 편할 거야. 그리고 만약에 그 친구하고 다시 연결이 되면 예전보다 더 깊은 사이가 될 거라고 확신해.

나는 오래된 친구는 인생에 보물이라고 생각해요. 우리는 살면서 많은 친구와 만나고 또 헤어지게 돼. 사람이 하나 떠날 땐 그 사람과 만든 기억도 함께 떠나는 거야. 그러니까 사람을 하나 버리거나 잃을 때는 많이 생각해보세요. 한번 잃은 사람은 다시 찾기 힘드니까. 난 여기까지만 조언할게. 잘 생각해보고 결정하세요.

너만 놓으면 끝날 인연,
붙들고 살지 마세요

고등학교 3년 내내 붙어 다녔던 단짝이 어느 날 울면서
그랬어요. 자기가 위암 말기라고, 치료받으러 이모할머
니가 계신 프랑스로 떠난다고. 그날 둘이 부둥켜안고 펑
펑 울었습니다. 근데 그게 다 거짓말이었고 친구는 핸드
폰 번호를 바꾸고 잠적해버렸습니다. 전 3년이 지난 지
금까지도 이 사실을 믿지 못하겠어요. 선생님, 제가 앞
으로 누군가를 믿고 다시 친구를 사귈 수 있을까요?

이 사연 듣는 내내 어떻게 사람이 이럴 수 있나. 산전수전 공중전 다 겪은 나도 놀랐어. 어린 친구가 자작극을 아주 소설처럼 썼어. 어떻게 오래 본 친구한테 위암 말기라는 거짓말을 치냐.

선천적으로 이렇게 태어나는 사람이 있어. 우리나라 인구 중에 몇 안 돼. 그러니까 '내가 굉장히 희귀한 인간 표본을 만났구나' 이렇게 생각해요. 미리 만났으니까 이제 평생을 살면서 비슷한 종류의 인간을 만날 일은 없을 거야.

이런 일을 겪었으니 친구 사귀기 겁나는 건 당연하지. 누가 무슨 말을 해도 겁부터 날 거야. 근데 살아가면서 남편은 없어도 친구는 꼭 있어야 되거든.

인생이란 게 여행길 같은 건데

어떤 친구를 동행하느냐에 따라

험한 고갯길을 폴짝폴짝

재밌게 넘기도 하고

순탄한 평지에서 괜히 나자빠지기도 해요.

지금 된통 당하는 바람에 사람 고르는 눈이 높아졌잖아. 그러니까 이다음에는 내가 힘들 때 믿고 동행할 수 있는 제대로 된 친구를 고를 수 있을 거예요. 그러니까 과거의 사람은 그만 잊어버리세요. 야, 고맙다. 너 덕분에 인생 공부 왕창했다 미친년아, 이러고 놔버려. 내가 이거 하나는 확실하게 얘기하는데 그 친구는 어디에 있든 두 발 뻗고 못 잘 거야. 살다 보면 언제고 어디서고 다시 마주칠 수 있는데, 그 생각하면 얼마나 불안하겠어. 불쌍한 년이야.

그만하면 됐다.
너만 놓으면 끝날 인연 더는 붙들지 마세요.

수미 TALK

선생님의 고민상담가는 누구예요?

> 나보다 일곱 살 많은 선배님 계셔요.
> 고민 있는데 해결 못 할 때 얘기하면
> 지혜로운 답을 주셔

음...말 못할 고민이 있을 때는요? 😀

> 그냥 혼술합니다
>
> 시원하게 소주 한 병

혼술요?

> 내가 주사가 있어서 밖에서는 술을 안 먹어
>
> 내 집에서 내 맘대로 지랄하는 게
> 더 나아요

ㅋㅋㅋㅋㅋㅋㅋㅋㅋㅋㅋㅋㅋㅋㅋㅋㅋ
ㅋㅋㅋ주사가 뭔데요? 🙀

술 취해서 전화해. 그러고 막 욕해. 야 이 새끼야!!!

누구한테요?

정명호

그게 누구예요?

내 아들

ㅋㅋㅋㅋㅋㅋㅋㅋㅋㅋㅋㅋ악

나는 이 병을 평생 못 고쳐.
그냥 조심하고 사는 거지 뭐

저번에 한번은 버릇 고친다고 술 먹기 전에
아예 핸드폰을 감춰놨거든?

얼마나 꽁꽁 감췄는지 염병

술 깨고도 전화기 못 찾아서 결국 새로 샀잖아

열여덟 봄가을에 부모님 돌아가시고

쌀 한 톨 없이 굶다굶다 정말 안 되겠다 싶어서

음식점 줄줄이 늘어선 해방촌 골목의 작은 식당에 들어갔지.

아주머니, 밥 조금이랑 김치 조금만 주세요, 했더니

아주머니가 아이고, 세상에, 아가, 이리 앉아, 하고는

돼지고기 넣고 김치찌개 푹 해갖고 달걀프라이랑 주면서

아가, 많이 먹어, 천천히 먹어,

그 때 먹은 밥이 내 인생 최고의 밥이었다. 참 잘 먹었어.

나는 그 아주머니 때문에 이를 악물고 살았어.

나도 그 아주머니처럼 당장 돈 없어서 잠깐 주저앉은 사람들한테

그런 밥상 같은 사람 되면 참 좋으련만.

김수미의 시방상담소

5장 **돈**

형제간에 돈 문제,
참고 넘어가야 할 때도 있어

다음 달에 부모님 모시고 제주도로 첫 가족 여행을 가기로 했어요. 오빠 가족과 저희 가족 모두 가는데 여행 경비는 오빠와 제가 반반씩 냅니다. 근데 총인원 8명 중에 오빠네가 오빠, 새언니, 조카 둘까지 4명이거든요? 그렇게 되면 오빠는 자기 식구들 경비만 내고, 부모님 경비는 제가 다 내는 거잖아요. 효도 여행으로 계획한 건데, 몇십만 원이라도 오빠가 좀 더 내야 되는 거 아닌가요?

오빠가 계산을 못 하네. 좀 더 어른인 오빠가 인심을 써야 되는데 지금 그 반대가 된 거잖아. 이럴 때 형제끼리 되게 의 상한다. 그러나 이 문제 가지고 또 시시비비를 따지다 보면 가족끼리 좋자고 가는 여행인데 떠나기 전부터 기분 상할 수 있어요. 내가 손해 보는 게 분명한 상황이지만 손해 볼 작정을 미리 하세요.

앞으로 인생 살다 보면 남 때문에 큰 손해 볼 일이 하나둘씩 생기거든. 그때는 정말 마음이 미쳐요. 그거에 비해서 지금 이건 우리 아버지, 어머니 좋은 거 드시고 좋은 데서 주무시게 하려고 돈 내는 거니까 얼마나 보람찬 손해야.

속 끓지 말고 분위기 좋을 때, 가족들 앞에서 웃음기 살살 넣어서 '오빠랑 나랑 딱 반반씩 냈으니까 솔직히 엄마, 아빠 여행은 내가 보내드린 거나 다름없네? 역시 딸밖에 없지?' 하고 살짝 생색을 내세요. 그리고 '뭔가 억울한데? 오빠 나중에 나 맛있는 거 사줘!' 하고 오빠한테도 얻어먹을 자리 하나 만들어 놔.

웃으면서 실속있게 사세요. 가족끼리니까 조금 약 오르고 손해 보더라도 즐겁게 다녀오세요. 내가 알아줄게요.

남편은 막 쓰는데
너라고 왜 못 쓰니

스물한 살에 결혼해 지난 4년간 정말 아등바등 살았습니다. 돈 쓰는 게 무서워 아이가 좋아하는 키즈카페도 맘 놓고 간 적 없고 옷 한 벌도 2~3년 입히려고 항상 크게 샀어요. 근데 얼마 전에 남편이 유흥주점에서 저는 상상도 못 할 큰돈을 쓰고 온 걸 알게 됐어요. 욕도 안 나오고 때리지도 못하겠어요. 그냥 가슴이 답답해서 미쳐버릴 것 같아요. 이게 열심히 살아온 4년의 보답인가요?

내가 이 마음 안다. 나는 40년을 이렇게 살았어. 내가 우리 집에서 돈을 제일 잘 벌어. 근데 집에서 세숫비누를 쓰다가 쪼가리가 남잖아. 그럼 그거 다 쓰기도 전에 누가 새 비누를 꺼내. 그럼 그 남는 세숫비누를 조각조각 모아가지고 내가 써. 한참을 그러고 살다가 어느 날은 그런 생각이 드는 거야. 아니 시발, 이 집에서 돈은 내가 제일 잘 버는데 이게 무슨 개같은 경우야? 그래서 나도 새 비누 써야지, 하는데 그 쪼가리 비누가 아까워서 못 버리고 결국엔 내가 쓰게 되더라고. 참나. 그냥 버리면 그만인데. 살림하는 여자들 마음이 다 그래. 내가 그러고 40년을 살아서 지금 애 엄마 마음을 알겠어. 정말 생각 같아서는 남편 괘씸해서 확 갈라서라고 하겠는데, 그게 해결책은 아니에요. 사실 자기 아내가 알뜰하게 사는 거 몰라서 돈 그렇게 흥청망청 쓰는 망나니는 없거든. 살붙이고 한 이불 덮고 사는 부부가 그 정도로 모르진 않아요. 유흥주점 가서 큰돈 쓴 게 남편한테도 사고일 수 있어. 그렇다고 그냥 넘어가면 화병 나니까 한 대 쳐. 난 이렇게 사는데 너만 써 재끼냐, 이 개새끼야! 확 터트리고 다시 시작해요. 그리고 너도 쓰니까 나도 쓸 거야, 하고 대차게 카드 긁어. 이제 참을 이유 없잖아. 이젠 가끔씩 나를 위한, 아이를 위한 사치 부리고 살아요.

◇

벌 날도 쓸 날도 창창한
너 아직 30대야

저는 너무 돈, 돈, 돈 하는 스타일입니다. 남편이 우리 여행 가자, 해도 돈 걱정. 그럼 외식할까, 해도 돈 걱정. 오랜만에 친구들 만나도 대출금, 카드값, 생활비, 적금…. 온통 돈 걱정뿐이에요. 노력은 하는데 제 행복의 기준이 돈이라 그런지 잘 안 고쳐져요. 선생님, 세상엔 아직 돈 말고 중요한 게 많겠죠?

생활고 때문에 돈이 행복의 기준이 된 건지, 그냥 어렸을 때부터 돈을 좋아한 건지 말을 안 해줬어. 근데 생활고 없이 마냥 돈 걱정하게 되는 사람은 세상에 없을 테니까 후천적으로 이런 성격이 된 것 같아요. 모르긴 몰라도 살면서 돈 없어서 겪은 몇몇 안 좋은 기억이 굳은살처럼 박혀 있는 거야. 그럼 이건 로또 맞기 전에는 안 고쳐진다. 그냥 받아들여.

그거 하나는 알려주고 싶어요. 내가 70년 넘게 살면서 느낀 건, 돈은 정말 중요하다는 거야. 근데 돈을 목표로 인생을 살다 보면, 돈이 모이는 거랑 별개로 참 인생이 허무해집니다. 목표한 돈을 달성해놓고 나면 이 돈 모으려고 그렇게 악착같이 살았구나, 다시 돌아오지 않을 내 청춘이랑 이 돈을 바꿨구나, 싶어서 허망하고 우울해요.

그러니까 즐겁게 잘 쓰는 법을
조금씩 연습해보세요.

너 아직 30대야. 벌 날도 쓸 날도 창창하니까 이 세상에 돈이 전부가 아니라는 걸 알았으면 좋겠어요.

눈칫밥 먹기 싫으면
밥값을 해

20대

지방에서 올라온 대학생입니다. 집 얻을 돈이 없어서 이모네 신세를 지고 있는데 하루하루 우울한 나날을 보내고 있습니다. 노크도 없이 문은 맨날 벌컥벌컥 열리고 주말엔 무조건 어린 조카들을 돌봐야 합니다. 엄마에게 얘기해도 '이모네 있어서 월세 아끼는 거야. 이모한테나 잘해'라는 말뿐입니다. 졸업하려면 아직 2년 남았는데 어떻게 버텨야 할까요?

지금 손톱이 아주 엉망이겠어. 눈칫밥 먹으면 손톱에 까슬 까슬한 살이 막 올라오거든. 근데 해줄 수 있는 말은 이거 하나다. 악착같이 견뎌. 왜냐하면 지금 나가서 방 얻고 하려면 최소한 현찰 수백만 원은 있어야 돼. 방만 있음 돼? 세탁기, TV, 침대 같은 가재 들일 돈은 있고? 신문지 깔고 길바닥에서 살래? 이럴 돈 있었음 애 초에 눈칫밥 먹을 일도 없었지. 우울하다고 생각하면 끝없어. 그냥 취직을 남보다 빨리했다고 생각해.

너는 이미 사회생활을 시작한 거야.

너 사회가 얼마나 살벌한 줄 아니? 너 취직하면 더하면 더했지 지 금보다 덜하진 않다. 이모가 눈치 주는 거, 조카들 보는 거 다 지금 밥값 하는 거야. 너 어디 가서 된장국하고 열무김치 하나만 놓고 밥 먹을라고 쳐도 최소 오천 원은 내야 돼. 그거 매끼 공짜로 받으려면 그 정도 눈치는 반찬 삼아 먹어. 그거 싫으면 밖에 나가서 알바 뛰 면서 얼마간이라도 생활비를 내. 그리고 낸 만큼 당당하게 살아.

이 고비 지나면 금방 또
해 뜰 날이야

저는 고졸이에요. 자격증은 0개, 그 흔한 운전면허증도 없습니다. 스무 살에 요리하고 싶어서 서울 올라왔다가 사기를 당해서 모아둔 돈 전부 날리고 빚만 졌죠. 신용불량자 되기 직전에 마포대교 올라갔었는데, 끝내 뛰어내리진 못했습니다. 일단 빚부터 갚자! 그 일념으로 닥치는 대로 일해서 거의 빚 청산 끝나가는데 얼마 전에 해고당했네요. 이젠 너무 지쳐요. 다 포기하고 싶습니다.

나는 크게 사기를 당하진 않았지만 주위에 이런 경우를 참 많이 봤거든. 근데 사기를 당하면 젊은 사람이든 나이가 있는 사람이든 일단 자신에게 화를 내요. 내가 왜 그 사람을 믿었을까, 내가 왜 그렇게 당했을까, 내가 참 멍청하구나. 그런 자괴감이 크다 보니까 상실감도 큰데 우울증까지 겹치는 거거든. 그런데 누구나 살면서 한두 번은 믿었던 사람에게 속아요. 그중에 어떤 악의적인 목적을 가지고 접근하는 사람이 있으면 큰돈까지 잃게 되는 거지.

그런 일 당하고도 정신줄 안 놓고 빚을 거의 다 갚았다는 건 정말 대견해요. 그런데 또 해고를 당했다니, 정말 고통이 크겠어.

인생사가 이렇게 오르락내리락해요.
해가 쨍쨍하면 느닷없이 소나기 내리고
더운 날 있으면 또 추운 날 와요.

쉽지 않지? 근데 지금보다 훨씬 어려운 상황일 때, 마포대교 올라가서도 죽지 않고 살아 돌아왔잖아. 그니까 자기 자신을 한 번 더 믿어 봐요. 이 고비 지나면 금방 또 해 뜰 날이야. 좋은 일 곧 있어요.

못된 버릇 고칠 땐
다시 사는 마음으로

어릴 때는 슈퍼마리오랑 테트리스 한다고 밤을 새더니 세 살 버릇 여든 간다고, 30대가 된 지금도 게임 폐인으로 살고 있습니다. 20대에는 온라인 롤플레잉게임에 빠져 한 달에 몇십만 원씩 현질을 했는데 요즘은 휴대폰 게임에 빠져서 몇십만 원씩 결제를 해요. 손가락을 자르면 멈출까요?

보니까 게임 중독인데 자기가 자기 입으로 손가락 자르고 싶다고 할 정도면 심각성을 느끼고 있어. 고민 상담까지 할 정도면 지금 본인도 싫은 거야. 그래, 어떻게 해야지 게임을 끊을 수가 있냐 이거지. 너 일단 돈부터 씨를 말려야 되겠다.

30대면 직장 생활해서 월급 타지 부모님한테 용돈 타서 쓰진 않을 거 아냐. 그럼 월급 통장을 엄마한테 맡겨. 게임 중독 고칠 때까지 엄마한테 쓸 돈만 타서 써. 네가 지금 한 달에 용돈 몇만 원 받아서 쓰는 초등학생이면 게임한다고 한 달에 몇십만 원 쓰겠냐. 다시 초등학생됐다고 생각해. 그리고 독하게 마음먹고 게임 다 없애. 너 지금 도박꾼이랑 다를 바 없어. 과감하게 끊어내야 돼.

돈도 없는 게
지랄이 풍년이다

오늘도 마흔 번째 텀블러를 샀습니다. 흥청망청 카드 긁는 저 좀 욕해주세요.

자, 시작할게요. 너는 미친년이야. 정신머리 썩은 년이야. 정신 똑바로 차려 이년아. 머리채를 잡아 가지고 그냥 양쪽으로 쌍 갈래를 해가지고 불에 확 꼬실러버릴까. 대가리를 뽑아서 찬물에 헹궈야 정신 차릴래. 염병할 주둥이는 살아서 마흔 번째 뭐를 사? 씨부랄 너 혼자 돈 십 원도 없이 이백 살까지 살 거야? 흥청망청하다가 마흔도 못 넘기고 거지될래! 니미럴 늙어서 손가락 빨고 다니면 볼만 하겠다. 육십 넘어서 밍크 두르고 고급지게 살고 싶어? 품위 그거 다 돈 지랄이야. 우아하게 친구들하고 유럽 여행도 가고 해야지. 비행기 퍼스트 클래스는 못해도 시벌 비즈니스 정도는 타야지 이코노미 낑겨 타가지고 유럽까지 실려 갈래? 이 미친년아. 따라 해. 내 손모가지를 자르든, 카드를 자르든 둘 중에 하나를 자른다!

오케이 여기까지. 그럼 굿나잇.

하다 하다 할 걱정이 없어서
별걱정을 다 하는구나

저는 아직도 전기세, 수도세, 가스 요금 같은 공과금 내
는 걸 매번 깜빡합니다. 정신 차려보면 늘 내는 날짜를
어기고 꼭 석 달씩 몰아서 냅니다. 이렇게 되니까 매번
연체료를 물게 되네요. 이런 작은 돈부터 아껴야 잘 사
는 건데 왜 이런 게 아직 어려울까요?

야, 너는 쓰는 통장이 없냐? 요즘 세상에 통장 없는 사람도 있냐. 자동이체하세요. 그럼 매달 고지서 받을 필요 없어. 공과금은 전기며 수도며 가스비며 다 쓴 만큼 알아서 빼 가.

정말 별게 다 걱정이다. 아무 걱정이 없는 사람이나 걱정 지어서 하는 거지. 하루에 딱 몇 분만 앉아서 자동이체 걸면 매달 띵동, 알아서 빠져나갈 거 왜 머리를 싸매. 이건 말도 아냐. 어디서 이런 걸로 김수미한테 고민 상담했다고 말도 하지 마. 자존심 상해.

부부 사이에
돈 없는 설움을 겪게 했겠다?

사업하는 남편 회사에서 경리 일을 돕고 있어요. 돈 관리는 남편이 하고 저는 생활비를 받아씁니다. 근데 친정 엄마 병원비 30만 원만 보태드리자 할 땐 돈 없다던 남편이 일주일 후 시어머니 병원비로 거금을 척 내는 거예요. 서운해서 한마디 했더니 장인 장모가 나한테 해준 게 뭐가 있냐고 오히려 화를 내네요. 부부 사이에 돈 가지고 너무 서럽게하는데 어떻게 해야 하나요?

이건 또 뭐야. 해준 게 없으면 부모도 아니냐? 네 와이프를 낳아줬잖아! 큰돈도 아니고 아내의 엄마가, 네 장모가 아프다는데 그 30만 원을 못 내?

야, 내가 아는 어떤 사람은 자기 아내를 너무 사랑해서 없는 형편인데도 돈 다 털어서 사위가 장인 회갑연을 다 해주더라. 근데 친정엄마 병원 검사비로 30만 원 보태 달라는 아내한테 돈 없다는 헛소리를 하니? 이거 진짜 형편없는 새끼네. 장인 장모가 나한테 해준 게 뭐냐니, 너를 뭐 어떻게 해줬어야 되는데. 금지옥엽 귀한 딸을 너한테 줬잖아. 이 새끼 이거 진짜 기분 나쁜 새끼네 정말.

참, 여자는 이럴 때 참 속상하다. 보통 남자들이 자기 부모랑 장인 장모하고 다르게 생각을 해. 그래, 자기 부모니까 키워주고 밥 먹여주고 옷 입혀주고 대학교 등록금 내주고 다 했으니까 그 효심 알겠어. 근데 그럼 여자는 뭐냐. 여자는 시집가면서 어버이 은혜 다 까먹고 가야 되냐? 정말 대단하다. 장인 장모가 나한테 뭘 해준 게 있냐는 소리 할 정도면 이건 말 섞을 가치도 재간도 없다. 그냥 다음에 똑같은 상황 오면 그렇게 얘기하세요. 그래 당신 부모한테 있는 돈 다 갖다줘, 우리 부모님은 굶어 죽지 뭐, 이러고 침을 뱉어요.

그리고 지금부터 바로 딴 주머니 차. 보니까 능력이 없어서 비상금 못 만든 게 아니야. 남편 사업 도와서 지금 경리 일 보고 있다고 그랬지? 남편한테 월급 받고 있으면 그거 무조건 생활비랑 별개로 따로 저축해. 앞으로 이런 일 있을 때 내 맘대로 꺼내 쓸 수 있게.

보니까 월급도 못 받고 그냥 남편일 돕는 거 같은데, 그럼 이제까지 일한 거 돈 내놓으라고 해. 몇년 동안 하루 몇 시간 일했는지 따져서 받아내. 가족끼리 무슨 돈 계산이냐, 이런 헛소리 하면 남편이 했던 얘기 고스란히 돌려줘. 장인 장모가 자기한테 해준 게 없다고 따지는 사람이 아내랍시고 돈 안 주고 공짜로 부려먹을 생각 하면 안 되는 거지. 그리고 웬만하면 남편 회사 말고 남의 회사 가서 일해.

이게 내 주머니에 돈 없는 이상, 똑같은 상황 벌어지면 서로 목소리만 커지고 분명히 이혼 얘기 나와.

그러니까 힘을 키우세요. 돈을 모으세요. 총알 장전해서 다음에 싸울 때 제대로 한 방 먹여.

파산당한 아버지는
자존심도 차압당한 상태야

아버지가 사업하다 파산했습니다. 온 가족이 아버지가 어머니와 할머니 명의로 받은 신용 대출과 집 담보 대출 등 빚더미를 고스란히 떠안았고요. 다행히 제가 매출 좋은 편의점을 인수해 빚을 갚아나가는 중입니다. 그런데 빚만 남기고 지방에 일거리 찾아 내려간 아버지는 정신 못 차리고 다시 사업해서 재기하겠다는 소리를 하시네요. 우리 아버지 언제 정신 차리죠?

정신 못 차려. 아버지 정신 차리는 거 기대하지 마. 지금 온 가족을 빚더미에 올라앉게 만든 아버지가 원망스러워서 속에서 천불이 날 거예요. 근데 아버지 속도 더하면 더했지 덜하진 않아. 아버지는 가족한테 대역 죄인이거든.

아버지가 온 가족이 당신 때문에 힘들어하는 걸 모르진 않을 거야. 근데 미안하다, 고맙다, 부탁한다, 이 말을 입 밖으로 뱉지 못하고 있을 거예요. 지방에 내려간다는 자체도 가족들 보기 민망하고 미안해서 피신한 거 같아. 면목이 없으니까 오히려 더 목소리 높이는 거야. 이게 결코 좋은 게 아닌데, 아버지는 파산해서 가지고 있는 모든 걸 상실한 상태야. 가장이 파산할 땐 제정신에도 자존심에도 빨간딱지가 붙어. 지금 다 차압당한 상태야. 회복 안 돼. 그러니까 신기루 같은 자존심 하나로 버티는 거야. 그거 너그러이 봐줘.

아들이 젊고 능력까지 있으니까, 이런 아들 키워놓은 것만으로도 아버지 능력 대단한 거라고. 아버지가 사업은 망했지만 자식 농사는 잘 지었다고 치켜세워줘. 지금 아버지 정신 드는 데는 맞는 말, 옳은 소리보다 안심시키는 소리가 더 좋아.

아버지 스트레스 시달리다가 큰 병 얻으면 결국 상처받는 건 자식들이야. 그러니까. 아버지를 너그러운 마음으로 보호하세요.

◇

500만 원 돈 날리고
친구까지 잃는 거야

초등학교 때부터 친한 친구가 있는데요. 그 친구는 꼭 급하다면서 10만 원씩 빌려가요. 그렇게 빌려간 돈이 벌써 500만 원입니다. 갚으라고 하면 '남자 새끼가 쪼잔하게 그걸 다 기억하고 있어'라고 합니다. 돈 빌려가놓고 이렇게 파워 당당한 제 친구 너무 하지 않나요?

◆
282

네가 미쳤다. 돌았어. 누구 탓을 할 거야. 걔가 네 머리통 갈
겨서 기절시킨 다음에 지갑 털어서 돈 꺼내 갔냐. 네가 빌려줬잖아.
도대체가 10만 원씩 꿔 간 돈이 500만 원 될 동안 뭐했냐. 그 돈으
로 적금을 넣었으면 웬만한 셋방 보증금도 해. 조그만 중고차라도
하나 사.

너 돈 못 받아. 차용증을 썼냐. 각서를 썼냐. 500만 원 저 하늘에 날
린 거야. 친한 친구랑 세트로 날려 먹은 거야. 나는 진짜 이게 이해
가 안 돼요. 왜 안 갚는 사람한테 돈을 꿔주고 못 받아서 안달복달
을 해. 자기 지갑에서 돈 나가는 걸 도대체 누가 관리를 해 줘. 애
야? 요즘엔 애들도 아주 철두철미하게 얼마나 돈 관리 잘하는데.
그냥 내가 형편이 괜찮아서 아예 안 받을 생각 아니면 친구 사이에
돈거래하는 거 아닙니다. 돈은 못 받으면 다시 벌면 돼. 근데 돈 문
제로 친구 잃으면 그건 10년, 20년 지나도 머릿속 시끄러워. 돈 아
까운 것보다 친구 아까운 게 더 비통하고 속이 끓어요. 정신 똑바로
차리고 친구한테도 진지하게 얘기를 하세요. 내가 형편이 어려우니
조금씩이라도 빌려간 돈 갚으라고 하세요. 너 당장에 정신 똑바로
차려!

별풍선 20만 원어치를 쏴?
쏴 죽여버릴라

저한테는 만 원짜리 장미꽃 한 번 안 사주는 남편이 여자 BJ한테는 별풍선을 20만 원어치 쏩니다. 정말 너무한 거 아닌가요? 참다가 참다가 너무 과하다고, 2만 원정도만 하라고 얘기했더니 그렇게 조금 하면 BJ가 실망해서 안 된대요. 정신 못 차리는 남편 어떡하죠?

미친놈이다. 또라이네. 너도 참 너다. 뭘 참다가 참다가 2만 원만 하라고 했대. 쥐 패도 모자랄 판에. 아니 마당에서 석유가 나와요? 전 재산이 한 50억 원 넘어요? 그럼 20만 원 쏘세요. 심심하면 나한테도 쏘세요. 근데 전세 월세 살면서 사방이 돈 나갈 구멍인데 우리 집 여자도 아니고 남의 집 여자한테 20만 원씩 막 쏘는 건 진짜 정신병 아니냐?

타일러도 보고 윽박도 질렀는데 말을 안 들으니까 나한테 도움을 요청한 거 아니야. 그러면 방법은 있어.

너도 다른 남자 BJ한테 한 40만 원 쏴. 그리고 '여보 나 40만 원 쐈는데 BJ가 너무 좋아한다!' 해.

그래도 정신 못 차리면 한 400만 원 쏴. 어디 누가 먼저 집안 말아먹나 해보자.

아직 얼마를 벌지,
아무도 모르는 40대

대한민국의 40대 후반 가장입니다. 20대 중반에 입사한 회사에서 23년간 몸 바쳐 일하다가 구조 조정으로 정리 해고당했습니다. 벌써 반년 넘게 구직 활동 중인데 이력 서를 아무리 쓰고 입사 지원을 해봐도 연락 오는 곳이 없네요. 애들 교육비에 생활비에 나가는 돈은 여전한데 앞으로 어떻게 살아야 할지 눈앞이 캄캄합니다.

가장으로 한창 일할 나이에 정말 막막하겠어. 취직도 안 되고 그렇다고 평생 회사에서 일한 사람이 갑자기 장사를 시작하는 것도 힘들지. 장사를 하려고 해도 자금이 한두 푼 필요한 게 아니니까. 이렇게 짐을 많이 진 사람한테 내가 한두 마디 한다고 큰 힘은 안 될 거 같아. 나는 이렇게 사람의 힘으로 해결할 수 없는 난관에 부딪힐 때, 외우는 말이 있어.

신께서는 인간이 견딜 만한 고통을 주시지 그냥 아파 죽을 고통은 주시지 않는다.

이 땅에 지금 같은 고민을 하는 아버지가 수백만 명이 있습니다. 혼자가 아니라는 걸 잊지 말아요. 그리고 내가 이 나이까지 여러 분야 여러 사람의 고민을 들으면서 한 가지 자신하는 건, 나한테 고민을 털어놓은 사람들한테 좋은 일이 많이 생긴다는 거야. 그냥 전설이 아니고 확신이 있어요. 아마 좋은 일이 곧 있을 거예요. 내 좋은 기운을 나눠줄게요.

우선 좋은 일자리 찾는 것도 좋지만, 지금 반년 동안 구직 활동을 했다고 했는데, 그렇게 주저앉아 있는 시간이 길어지면 사람이 더 우울해지거든. 그러니까 우선 닥치는 대로 일당이든 시급이든 돈 받고 일할 수 있는 일을 찾아서 움직여보세요.

적은 돈이라도 내가 아직 내 손으로 돈 벌 수 있는 사람이라는 걸 확인하고 나면 다시 용기가 날 거예요. 제일 중요한 건 여기서 좌절하면 안 됩니다. 정신을 확 차리시고 용기를 잃지 마세요. 지금 사랑하는 아내와 아이가 있잖아요. 희망을 가지세요. 곧 될 거예요.

수미 TALK

선생님! 저 돈 많이 벌고 싶어요!

 평생에 없다가 있고 있다가도 없는 게 돈이야

그니까 없을 때 안 쓰고 있을 때 바짝 벌어야지

신은 우리한테 먹고 살만큼의 재주를 주시거든?

그니까 잘 먹고 살려면 스스로 노력해서 갈고 닦아야 해

선생님도 가난했을 때가 있어요?

 옛날에 소보로빵이 너무 먹고 싶은데

빵 사먹을 돈이 없어서 빵집을 막 들어갔다 나갔다 하는데

누가 소보로빵을 반만 먹고 남기고 갔더라고

그래서요?

냉큼 앉아서 내거인 냥 후딱 먹고 나왔지

 선생님도 그런 시절 있었구나...

선생님은 힘들 때 어떻게 극복하셨어요?

나는 책을 봐요

명심보감

우리 아버지가 돌아가셨을 때 그 책을 읽었어

그게 버릇이 됐는지 힘들면 그 책이 생각나

 너무 어렵지 않아요?

야, 지금 나오는 책은 다 한글 달려서
나오는데 뭐가 어렵냐

나 어릴 때는 다 한문으로 돼 있어서

한자 뜻 찾아가면서 또 읽고 또 읽고 그랬는데

 그래도...

이 새끼야, 너 돈 벌라면 공부 많이 해야 돼!!!

간지럽게 연애하는 너만 잘났냐.

밉상 남편 끼고 사는 너도 잘났다.

세상에 어디 간지럽고 예쁜 것만 연애냐.

분통 터져 개새끼 소새끼 찾는 것도 연애지.

남편이랑 사네 마네 하는 너도

열일곱 첫사랑에 울고불고 하는 너도

참, 모두가 사랑이다.

양다리 걸치세요,
평생 두 남자랑 사세요

대학교 때부터 8년 사귄 남자친구와 결혼을 앞두고 있습니다. 그런데 요즘 저를 흔들리게 하는 남자가 나타났어요. 그 이름 바로 차은우. 잘생기고 똑똑하고 예의까지 바른 차은우를 보니 요즘 남자친구가 뭘 해도 오징어로 보여요. 밥 먹는 오징어, 영화 보는 오징어, 웃는 오징어…. 차은우 때문에 오징어랑 결혼하기 싫어졌어요. 어떡하죠?

나도 한때 리차드 기어한테 빠져가지고 남편 놓고 미국 가려고 그랬어. 너무 만나고 싶은 거야. 근데 내가 미국 날아가기 전에 마침 리차드가 한국에 왔어. 방송국 가서 딱 만났지. 세상에. 나 너무 실망했잖아. 엄청 늙었더라고. 그 순간 뜨거웠던 마음이 완전 식었어. 나는 영화 속, 사진 속 리차드만 봤지 사람 리차드를 만난 게 아니잖아. 그러니까 내가 생각한 환상이 깨지는 순간 애정이 식더라고. 그 정도의 마음이었던 거지.

환상은 환상으로 둘 때
아름다운 거예요.

그에 비해 남자친구는 8년을 연애하면서 볼 꼴 안 볼 꼴 다 봤잖아. 이제 웬만한 꼴을 봐도 마음 식고 정떨어질 일 없어. 그니까 환상과 현실 사이에서 고민하지 말고 차은우 실컷 좋아하면서 남자친구랑 결혼하세요. 평생 양다리 걸칠 수 있어요.

네 남편 네가 골랐지,
내가 골랐냐?

40대

불혹을 바라보는 나이에 갓 돌 지난 둘째 딸랑구 육아하느라 초 단위로 늙어갑니다. 9년 전 큰아들 때도 맞벌이하며 살림에 육아에 독박을 썼는데 지금도 똑같네요. 남편은 일주일에 네다섯 번은 술을 마시고 새벽 4~5시에 들어옵니다. 공감지각능력도 현저히 떨어져 재활용쓰레기 한번을 안 버려요. 정말 저거 죽일까요, 살릴까요?

보통이 이래. 최수종 씨가 왜 그렇게 텔레비전에 자주 나오느냐면, 그만큼 희귀해. 살림 나눠 하고 애들하고 놀아주는 그런 남편이 아주 찾아보기가 힘들어. 남자란 족속은 시대가 바뀌고 세상이 뒤집혀도 아직까지 그게 잘 안 돼. 주부들 손목이 아주 시큰시큰 죽는데 애 목욕만 시켜줘도 얼마나 좋으냐. 근데 일생 한 번을 안 해. 누구는 예쁘게 나긋하게 '여보, 쓰레기봉투 좀 버려줘요' 안 이러고 싶겠어? 꼭 버리고 오라고 악을 쓰고 소리를 질러야 시늉을 해. 그러니까 여자가 결혼하면 목소리도 굵어지고 얼굴에 주름이 안 생길 수가 없어. 근데 뭘 어쩌겠어.

내가 누차 이야기하지만
남자는 사십이 훨씬 지나야 철들어요.

저렇게 살다가 자기가 가슴에 탁 뭐가 오는 순간이 있어. 그때까지 방법이 없어. 9년 고생한 거에 1년 더해서 10년 채워봐. 영원히 안 바뀌진 않으니까. 아니 그러게 잘 좀 보고 하지, 왜 이런 놈이랑 결혼을 해. 내가 골랐냐? 네가 골랐지. 하여간 사랑이 죄다. 업보야.

사랑은 신도 우주도
들었다 놨다 해

마흔 살 남자입니다. 서른넷까지 뮤지컬 배우로 활동하
다가 한 여자와 결혼을 했습니다. 가장이 되고 박봉의
배우 생활은 접었죠. 근데 1년도 안 돼 이혼을 하게 됐
습니다. 그 이후에는 누구를 만나도 선을 긋게 되더라고
요. 다시 결혼하고 싶은 마음은 없지만, 누군가와 사랑
은 하고 싶습니다. 저 다시, 사랑할 수 있을까요?

어렵지. 사랑이란 게 내가 하고 싶다 그래서 마음대로 되는 게 아니거든. 섹스는 하고 싶으면 아무하고나 할 수 있어. 하지만 사랑은 감정이 통해야만 시작되거든. 감정과 영혼이 통해야 돼.

난 사랑이란 건
교통사고 같은 거라고 생각해.

어느 날 갑자기 집에 왔는데 그 여자가 생각나. 차타고 가다가 그 여자가 보고 싶어. 그렇게 나도 모르게 시작되는 거예요.

그러니까 그 전에 내가 사랑을 해야지, 누구하고 해야지, 한다고 할 수 있는 게 아니에요. 억지로 찾아서 되는 건 아니지만 가슴이 열려 있으면 나도 모르게 찾아오고 눈에 들어와요. 한번 크게 사랑을 하고 나면 사람이 굉장히 성숙해져. 사랑은 신도 우주도 들었다 놨다 할 위대한 힘을 가졌어. 그러니까 천천히 다시 사랑하세요.

맞춤법 때문에 싸우지 말고
알콩달콩 받아쓰기나 해

대학교 1학년 여대생입니다. 제 남자친구는 맞춤법을 너무 틀려요. '근데'를 맨날 '근대'라고 써요. 무슨 된장 국도 아니고…. 처음 한두 번은 좋게 알려줬는데 그다음 에 보면 똑같은 걸 또 틀려요. 요즘에는 카톡 주고받기 도 싫은데 남자친구에게 뭐라고 말을 해줘야 할까요?

말할 때 쓰는 '근데' 하고 먹는 '근대' 하고는 완연히 다른 건데 그걸 틀리는 걸 보면 말로 고칠 수 있는 정도가 아니에요. 남자친구가 초등학교 다닐 때 국어 공부를 제대로 못한 거야.

둘이 만나서 하얀 백지에 받아쓰기를 하세요. 어려운 문제랑 쉬운 문제랑 섞어서 같이 받아 써. 남자친구만 시키면 자존심 상할 수 있으니까. 쭉 적어보고 우리 학교 다닐 때 선생님들 쓰던 빨간 색연필 있어. 그걸로 서로 채점을 해. 근데 아마 너도 많이 틀릴 거다.

한글이 어려워요. 우리 세대가 국어 공부를 정말 엄하게 받은 세대인데, 나도 문자 쓰다 보면 실수 많이 하거든. 몰라서 틀리는 것도 있지만 순간적으로 헷갈릴 때 많아. 그리고 맞춤법 모르는 게 연애할 때 그렇게 큰 핸디캡은 아니야. 그니까 너무 스트레스받지 말고 전화를 해. 아니면 카톡을 영어로 보내라고 하세요. 아직은 단점도 달게 볼 그런 때야. 너희는.

"사랑헤. 살앙해. 살랑해. 살랑훼."

"응. 나도. 사랑해."

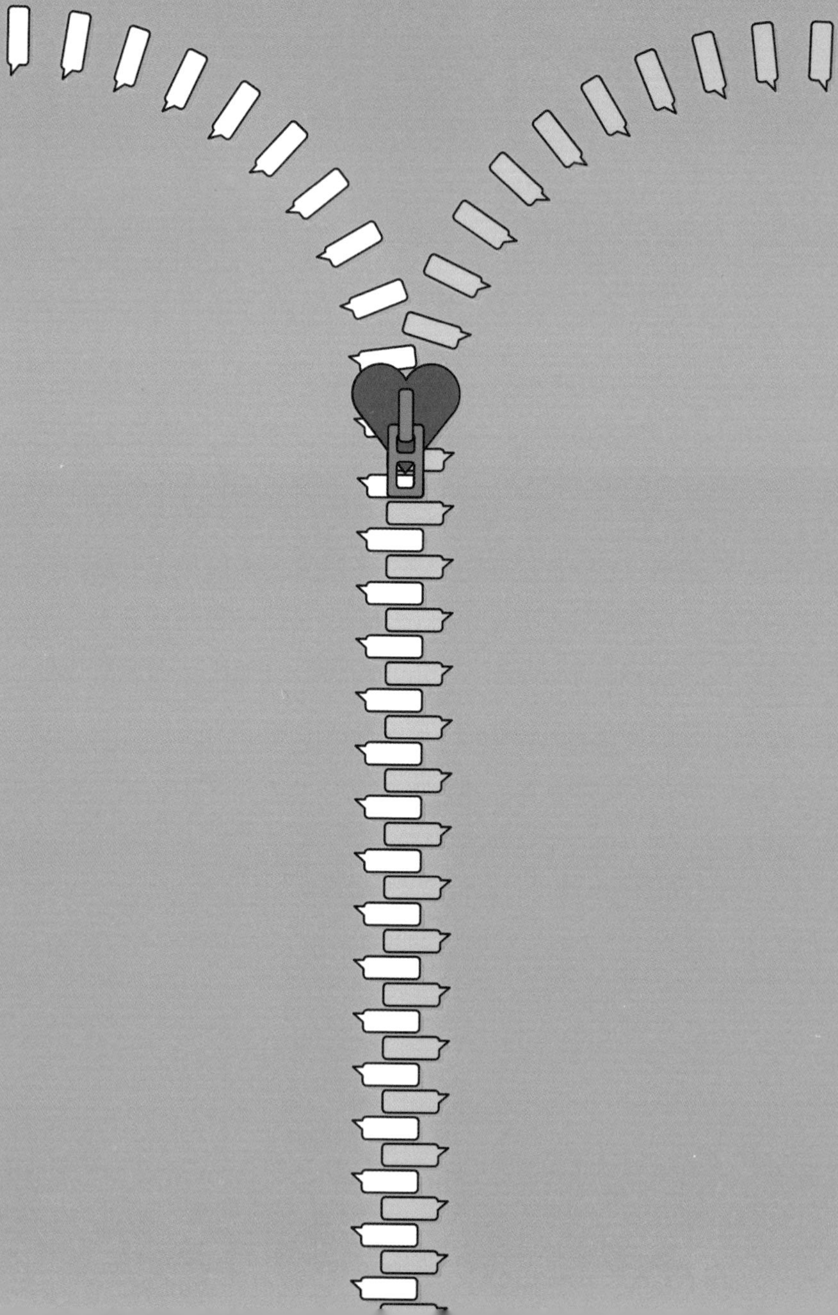

조인성은 내 거야,
근데 너도 해라

열여덟 고등학생입니다. 제가 여름방학에 드라마 〈괜찮아, 사랑이야〉를 정주행했거든요, 근데 거기 나오는 조인성 오빠가 너무 멋진 거예요. 사람 얼굴에서 빛이 날 수 있다는 사실을 처음 알았어요. 방학 내내 조인성 오빠가 나오는 작품은 〈논스톱〉까지 다 찾아봤어요. 선생님, 조인성 오빠랑 친하단 이야기를 들었는데 저 정말 오빠랑 결혼하고 싶어요! 도와주세요!

조인성은 내 거야. 나는 조인성 얼굴에서 광이 나는 걸 25년 전에 봤어. 그때부터 지금까지 사랑하고 좋아해. 그러니까 잊어. 나하고 원수질래? 덤빌래? 휴, 이건 농담이고…. 그래, 열여덟 살이면 한창 사랑할 때지. 나도 그랬으니까. 잘 골랐어. 조인성이 멋져. 나랑 친한 것도 맞아. 걔가 아무리 바빠도 내 전화는 받아. 안 받으면 죽으니까. 받긴 받는데 너까지 연결은 못 해줘. 나도 만나기 힘든데 너까지 연결은 못 한다. 허락은 할 테니까 사랑은 알아서 해.

예전에 일본 주부들이 〈겨울연가〉에 배용준 씨를 너무 좋아했잖아? 왜 그렇게 배용준 앓이를 할까, 그 이유를 다룬 다큐멘터리를 봤는데 내가 그 내용을 똑똑히 기억해. 일단 배용준 씨가 일본 여자들이 굉장히 좋아하는 얼굴이야. 근데 제일 중요한 건 일본 주부들이 그 드라마 속 캐릭터에 빠진 거야. 그니까 역할에 빠졌던 거지. 더 희한한 건 일본 주부가 배용준 만나러 한국 간다고 하면 남편들이 비행기표를 끊어준다는 거야. 나는 그거 볼 때 조금 의아했어. 나쁘진 않다고 느꼈어. 만약에 자기 아내가 정말 다른 남자를 짝사랑한다고 생각했으면 안 보냈을 거야. 근데 그렇게 생각 안 하는 거지. 정말 팬심을 이해하는 거야. 예를 들어서 아내가 피카소 그림을 좋아하는 거야. 그래서 그 그림이 보고 싶어서 미국에 가고 싶어 해. 그럴 때 흔쾌히 보내주는 것처럼 배용준 씨도 그렇게 생각하는 거야. 그러니까 그런 마음으로 나도 허락할게. 그냥 좋아해라.

그 마음은 아름다운 거야.
진짜 사랑은 스타를 향한
팬의 짝사랑이야.

마음껏 사랑해 봐. 내가 조인성이랑 악수도 하고 포옹도 하고 다 했는데 키스만 못 해봤다. 그래, 너는 이루어지길 바란다.

여자와 남자 사이에는
언제나 드라마가 생겨

스물다섯 살 된 여대생이에요. 제겐 친한 서른아홉 살 오빠가 있는데요. 속엣 얘기까지 스스럼없이 나눌 정도로 정말 마음이 맞는 사람입니다. 근데 얼마 전에 오빠랑 같이 여행을 갔다가 자버렸어요. 사실 서로 마음이 끌리고 있었던 거 같아요. 그 오빠에게는 오래된 여자 친구가 있어서 저에게 올지도 확실하지 않아요. 우리 사이는 어떻게 될까요?

뭘 고민해. 서로 마음이 있으니까 잤겠지. 만나 봐. 다만, 우리에게는 도덕성이라는 게 있어. 남자 쪽이 나이가 있으니까 만나고 있다는 여자랑 약혼이라거나 결혼 이야기 같은 게 오고 갔는지부터 확실하게 확인을 해. 이게 중요해.

남자는 술김에도 그냥 맨정신에도 마음에 없는 여자랑 잘 수 있어. 그게 남자야. 만약에 얼떨결에 자버린 것 같은 눈치라거나 실수였다는 걸 남자가 인정하면 백기 들고 퇴장해. 근데 남자 쪽에서도 너한테 마음이 있는 거 같으면 부딪혀 봐. 오래 만난 애인이 있어도 그때부터는 쟁탈전이야. 솔직히 시작 전에 애로 사항이 많아서 추천하고 싶지는 않은데, 이미 좋아하는 마음이 시작된 거 같아서 말리지는 않을게.

**네 나이대 여자와 남자 사이에
이 정도 드라마는 언제나 있을 수 있어.
그 드라마를 어떻게 만들지는
이제 두 사람의 몫이야.**

똥차만 만나는 것도
버릇이고 취향이다

스물다섯 살 평범한 직장인입니다. 친구들 사이에서 제 별명은 '똥차 컬렉션'입니다. 스무 살에 처음 사귄 똥차는 3개월 만에 바람나서 헤어졌고 그 뒤로도 돈 빌려간 뒤 잠수탄 똥차, 군대 제대 일주일 전에 질린다며 절 차버린 똥차, 다른 여자와 연락주고 받던 똥차···. 제대로 된 인간이 없었어요. 앞으로 또 얼마나 큰 똥차가 올지 겁나요. 전 평생 이렇게 똥차만 만나야 할까요?

그러니까 왜 처음부터 똑똑히 못 봐. 처음부터 똥차를 골라 노니까 그다음에도 똥차를 고르게 되잖아! 예전에 어느 광고 문구에 이런 게 있었어.

'한 번의 선택이 중요합니다.'

물건이나 사람이나 똑같아. 한번 뭐 잘못 고르면 그 뒤에도 비슷한 상태, 비슷한 컨디션을 고르게 된다고. 똥차도 버릇이고 취향이야. 당장 고쳐. 평생 똥차 만날래?

뭐 오디오나 침대 같은 건 잘못 사면 반품이라도 하지, 사람은 한번 잘못 선택하면 그거 평생 고질병이야. 그래서 처음이 중요한 거야. 아주 처음에 잘못 골라서 똥차를 경험했으면 그다음 고를 때는 정반대로 다른 남자를 골라야 되는데 비슷한 걸 고르니까 똑같이 당하는 거야. 나 아는 후배도 가만 보면 첫 번째 놈이나 두 번째 놈이나 데려오는 게 비슷해. 그래 놓고 이혼을 두세 번 해. 미쳤어. 너 지금 타입이고 취향이고 똥차에 최적화돼 있을 가능성이 높아. 네 눈 믿지 마. 언니나 어른들이 소개시켜주는 남자랑 연애해.

짐승 같은 놈 제일 잘 잡는 건
짐승 낳은 부모야

스물두 살 직장인입니다. 고등학생 때부터 저를 심하게 스토킹하던 남자가 있습니다. 몇 년에 걸쳐 소름 끼치는 연락이 있었고, 저도 몇 년에 걸쳐 단호하고 확실하게 싫다는 의사 표현을 했습니다. 그런데도 떨어져 나가지 않아요. 이젠 제가 자취하는 걸 알고 집까지 찾아오려고 합니다. 이 남자를 한 방에 떨쳐낼 수 있는 방법 없을까요?

이건 내가 욕 좀 한다고 해결될 게 아니야. 잘못했다가는 정말 큰일 날 수 있어. 분명히 싫다고 의사를 밝혔는데도 고등학생 때부터 지금까지 벌써 4년을 시달렸다는 건데, 얼마나 스트레스겠어. 게다가 혼자 자취하면 정말 큰 공포야. 굉장히 심각한 이야기야. 이 남자가 학생이면 부모님이나 선생님 같은 남자 어른들이 엄하게 훈계하는 게 먹혔을 수도 있어. 근데 이제 나이가 차서 성인이란 말이야. 이런 사람은 또 잘못 건드렸다가 사단이 날 수 있어. 요즘은 정말 우리 사회에 무서운 사건이 많아서 잘 준비하고 생각해야 돼. 일단 아빠나 오빠한테 남자 연락처 주면서 확실히 경고하라고 해요. 다시 연락하거나 나타나면 부모님께 연락하고 경찰서에 신고한다고 못을 박아. 단호하게 딱 할 말만 해. 다른 협박 같은 거는 안 하느니만 못해. 그래도 연락 오면 이제 장기전이라고 봐야 해. 그 남자한테 카톡 오거나 연락 오는 거 다 모아서 경찰에 바로 신고해요. 무엇보다 그 남자 부모님한테 상황을 알려야 해. 연락 올 때마다 그 남자 부모한테 다 전달해요. 댁네 아드님이 지금 나한테 이럽니다, 이렇게 나를 괴롭힙니다, 저는 이런 조치를 취할 수밖에 없습니다, 그쪽 부모님한테 알리세요. 짐승 제일 잘 잡는 건 짐승 낳은 부모야. 마음 단단하게 먹고 단호하게 조치하세요.

실컷 미워하고
후련하게 잊어버리세요

4년 반을 만난 남자친구에게 이별 통보를 받았습니다. 얼마 뒤 친한 언니랑 남친이 저 몰래 만나고 있었다는 걸 알게 됐습니다. 처음에는 힘들었지만 지금은 많이 괜찮아졌어요. 다시 만나고 싶은 마음은 처음부터 없었어요. 근데 자꾸 남자친구와 관련된 악몽을 꾸네요. 그 남자는 예쁜 연애 하면서 잘 지내는데. 저는 왜 아직 이렇게 미련 덩어리처럼 살아가는 걸까요?

이게 무슨 말이야. 이미 너랑 사귀고 있을 때 그 친했다는 언니를 만나고 있었다는 거야? 야, 너 참 속상하겠다. 아니 이거는 지금 날씨가 푹푹 쪄도 가슴이 한겨울 같고 오한이 날 정도로 시릴 거예요.

사랑이란 게 꼭 좋기만 한 건 아니라
가끔은 이런 고통으로도 찾아와.

지금은 꿈에도 나타날 정도로 고통스럽고 약 오르고 힘들겠지만 이 것도 인생의 과정이거든. 이런 경우는 송대관 씨 노래 가사처럼 세월이 약이에요. 잊고 싶지 않아도 세월이 가면 잊게 돼요. 큰 눈을 뜨고 더 내가 사랑할 수 있고 사랑받을 수 있는 사람을 지금부터 찾아보세요.

그리고 그 나쁜놈은 실컷 미워하세요. 미워하면 빨리 잊어요. 후련하게 미워하지 못하면 마음에 앙금이 남아. 자기 전에 소새끼, 말새끼, 개새끼 하세요. 그럼 꿈에도 안 나올 거예요.

때론 힘껏 돕지 않는 것도
사랑이야

신혼 3개월 차입니다. 결혼하기 전부터 남편에게 빚이 있다는 건 알고 있었어요. 결혼 전에 갚을 수 있다더니 결국은 못 갚았고 금액도 저한테 말한 것보다 더 많더라고요. 근데 제가 결혼 전에 모아놓은 돈으로 갚아줄 수는 있거든요. 대신 갚아주는 게 맞는 걸까요?

갚아주지 마세요. 버릇돼요. 빚 갚다가 병이 들었거나 정말 죽을 위기 처한 거 아니라면 열심히 벌어서 조금씩이라도 갚게 두세요. 남이 갚아주면 빚을 우습게 알게 된다고. 그게 남편한테는 새로운 시작이 아니라 오히려 맹독이 될 수 있어요. 혼자 갚아봐야 빚이 얼마나 무서운 건지 알아.

지금 신혼이고 사랑하니까 마음 같아서는 얼른 갚아주고 깨끗하게 시작하고 싶은 마음도 이해는 한다. 나도 그러라고 하고는 싶어. 그래도 오래 살려면 나쁜 버릇은 들이지 말아야지.

결혼의 첫 번째 약속이 신뢰거든. 남편이 사치가 심해서 혼자 쓴 돈인지, 아니면 부모님 빚을 대신 갚고 있는지는 잘 모르겠는데 어쨌든 남편은 신뢰를 먼저 깼어. 그러니까 남편 힘으로 다시 쌓을 수 있도록, 회복할 수 있도록 두세요.

때론 돕지 않고 그냥 두는 것도 사랑이야.

네 인생 꼬는 건
그놈이 아니라 너야

6개월 전에 결혼을 약속했던 남자와 헤어졌습니다. 저를 봐도 더 이상 설레지 않는다고 헤어져달라는 그 말에 얼마나 상처받았는지…. 지옥 같은 시간을 보내던 중, 만취한 그 남자에게서 연락이 왔고, 그걸 뿌리치지 못해 지금은 잠자리만 갖는 이상한 사이가 돼버렸습니다. 선생님, 저 미쳤죠? 더 이상 그 남자 만나지 말라고 욕 좀 해주세요.

지가 미친년인 거 알면서 왜 욕을 나한테 하래. 비싼 밥 처먹고 할 짓거리가 없어서 너를 봐도 설레지 않는다고 씨불이는 놈을 만나냐. 상대하지 마. 전화 받지 마. 차단해. 끊어. 섹스가 하고 싶으면 딴 놈하고 해. 길거리 나가면 널리고 널린 게 놈이야. 딴 놈하고 자.

자기 인생은 남이 꼬는 게 아니야 자기가 꼬고 펴는 거야.

나는 오래전부터 성격이 팔자를 고친다는 내용으로 강연을 해왔어요. 책도 썼어. 귓구멍 깨끗하게 파고들어! 책 읽어! 어른 말 안 들으니까 어디 가서 해괴한 놈한테 코 꿰서 질질 끌려다니잖아. 그런 죽일 놈 절대 만나지 마.

송대관 씨도 그랬다,
세월이 약이겠지요

2년 반 사귄 동갑내기 남자친구랑 헤어졌습니다. 결혼까지 생각할 만큼 믿던 사람이라 헤어지는 순간까지 그 사람의 마음을 존중하며 담담하게 보내줬어요. 근데 알고 보니 저랑 헤어지기 전에 다른 여자가 생겨서 그 여자랑 만나려고 헤어지자고 한 거였더라고요. 저한테 한 말은 다 거짓이었구나 싶어 소름이 돋고 가슴이 내려앉습니다. 전 그동안 뭘 한 걸까요?

결혼까지 생각을 했으면 마음이 깊었다는 건데 참 고통스럽다. 만약에 사랑을 하다가 싸웠어, 악다구니를 하면서 다신 안 본다하고 헤어졌어, 그래도 그게 나아. 그래도 추억은 남거든. 그 친구랑 자주 갔던 찻집이나 음식점 가면 좋았을 때 행복했던 기억 같은건 남는 법이거든. 근데 지금 괴로운 거는 그동안의 추억도 가짜 같을 거야. 꼭 사기당한 느낌이니까. 지금 너무 상심해서 어떻게 이런인간을 믿고 사랑했나, 자책도 많이 할 텐데 그런 생각하지 마요.

그런 새끼인 줄 모르고 사랑한 거
그거 죽을 잘못 아니야.

남녀가 만나 결혼까지 가는 인연을 불가에서는 '몇 겁의 연'이라고해요. 한 겁이 천년이야. 근데 천년의 인연이 몇 겁 쌓여야 비로소결혼할 인연이 되는 건데, 그런 인연 만나는 게 얼마나 대단하고 어려운 일이야. 그 새끼는 인연이 아니었었던 거야. 그러니까 잊으세요. 쉽지 않겠지만, '세월이 약이겠지요'라는 송대관 씨 노래도 있잖아. 한 달, 두 달, 석 달 시간 지나면 흐릿해져요. 잘 잊을 수 있어요.

지나간 첫사랑보다
지금 남편이 소중한 이유

결혼해서 평범하게 살고 있었는데 얼마 전에 전 남친 소식을 듣게 됐어요. 돈 많이 벌어서 좋은 집에 차에 어마어마하게 잘 살더라고요. 물론 행복하길 바랐지만 막상 저 사는 모습과 비교가 되니 기분이 좀…. 그러고 그날 저녁에 신랑을 보는데 갑자기 아저씨 같아 보이면서 아득바득 대출금 갚으려고 일하는 제 신세가 초라하게 느껴졌습니다. 저 문제 있죠?

나는 이게 이해가 된다. 차라리 전 남친이 지금 남편보다 안 됐고 초라했으면 좋게 헤어졌든 안 좋게 헤어졌든 그래 나 참 결혼 잘했다, 싶었을 거야. 지금 남편이 더 위대하고 잘나 보였을 텐데. 우선 금전적인 환경인 비교가 되다 보니까 남편이 갑자기 오늘 아저씨 같고 초라해보이기도 할 거야. 이해는 해요. 허나 이미 인연을 놓았잖아. 칙칙폭폭 기차 떠난 지가 몇 년이야. 지금 찾아가 봐. 전 남친이 아줌마 누구세요, 이럴 수도 있어.

지나간 첫사랑보다
지금 남편이 소중한 이유가 있어.
하나는 허상이고 하나는 현실이라는 거지.
허상이랑 현실을 비교하지 말아요.
그거만큼 미련한 게 없다.

오늘 끝날지 내일 이뤄질지
모르는 게 너희 때 사랑

30대 중반 여자입니다. 최근에 알게 된 남자와 잠자리를 몇 번 가졌어요. 남친이랑 헤어진 지도 오래됐고 외롭기도 했고 얼굴이 귀엽게 생겨서 좀 끌렸거든요. 근데 그 남자는 본인 얘기를 잘 하지 않는 걸 보니 진지한 관계를 가질 생각이 없는 거 같아요. 정리해야 할 거 같은데 자꾸 그 남자 연락을 기다리게 됩니다. 정신 차리고 연락 끊으라고 욕 좀 퍼부어 주세요.

사랑하는 연인 사이는 아닌데, 섹스도 했고 이 남자 연락 오기를 기대하게 된다는 거지? 나는 욕할 생각은 없다. 사람이 살면서 이런 약간의 핑크빛 에너지를 기대하게 될 때가 있어. 어떻게 보면 인생을 살 때 허공에서 내려오는 밧줄이랄까. 그런 걸 잡고 있어야 마음이 덜 힘든 시기가 있어. 그럼 그냥 잡고 있어요. 뭐라도 의지가 된다고 하면 그걸 굳이 놓을 필요는 없어.

사랑이라는 게 꼭 두 사람이 똑같은 눈으로 똑같은 세상을 봐야만 하는 게 아니야.

똑같은 생각을 공유하고 합이 맞아서 섹스를 하고 꼭 그런 것만이 사랑은 아니야. 그 사람이 나를 사랑하든 안 하든 그리워하고 기다리는 그 자체가 괴롭지 않다고 하면 나쁘지 않아요. 나쁘다, 안 좋다, 내 감정 심사하지 말고 즐길 건 즐기세요. 그 관계가 내일 끝날지 발전할지 아무도 모르는 거잖아. 그러니까 그 귀여운 얼굴이 떠오르면 떠올리고, 기대되면 기대하세요. 실망은 나중에 하는 거예요.

◇

그놈은
네 시절인연이 아니었다

수미 언니, 저 작년에 이혼했어요. 시부모님 모시고 6년 결혼 생활했는데, 남편이 돈 많고 어린 여자와 바람이 났거든요. 그래놓고 이혼 위자료로는 방 하나 얻을 보증금도 주지 않아 친척 집에 얹혀삽니다. 제가 받은 상처도 상처지만 부모님께 너무 죄송합니다. 앞으로는 꽃길만 걸으며 살 수 있을까요?

전남편 그 개새끼 잘 못살아. 뭘 해도 못살게 정해져 있으니까 두 발 뻗고 너 맘 편히 자. 돈 많은 어린 여자 만났다고 지금 입이 찢어질 텐데 지갑이 화수분이냐. 남의 눈에서 피 뽑고 시작한 관계는 허무하게 끝맺게 돼 있어. 그나마 애가 없었던 게 다행이다. 만약 애를 남편이 데려갔으면 어미 마음 더 찢어졌을 거야. 본인이 키운다고 해도 양육비 감당하기 쉽지 않았을 거고. 어떻게든 인연이 아니었다. 불가 용어에 시절인연(時節因緣)이란 말이 있어. 모든 인연에는 오고 가는 시와 때가 있다는 뜻이야.

사람이든 물건이든 시절이 안 맞으면
옆에 두고도 손에 넣을 수가 없고,
때가 오면 애쓰지 않아도 바라지 않아도
만나게 되고 갖게 되는 법이야.

그게 시절인연이야. 이 새끼는 애초부터 네가 가질 인연이 아니었어. 그러니 더러운 오물, 빨리 놓고 손 씻으세요.

야! 네 애인 속마음을
왜 나한테 묻냐

아홉 살 연상 여자친구와 2년 좀 넘게 만나다가 얼마 전 동거를 시작했습니다. 그러면서 여자친구가 돌싱이고 아이가 있다는 과거를 알게 됐어요. 그리고 저와 결혼할 생각이 전혀 없다는 사실도요. 과거는 전혀 문제가 되지 않은데 결혼 생각이 없다는 게 충격이었습니다. 전 당연히 결혼할 생각을 하고 있었는데…. 얘기를 듣고 난 후부터 복잡하기만 합니다. 저 어떡해야 할까요?

대단하다. 아홉 살 연상이면 곧 마흔 되는 여자랑 결혼을 하겠다는 건데 이 결심하기가 쉽지 않거든요. 문제는 남자는 결혼하고 싶은데 여자가 기피한다, 이거지. 두 가지로 생각할 수 있어. 첫번째는 결혼하기 싫다, 여자친구는 지금 초혼이 아니기 때문에 겁이 날 수 있어. 남자를 너무 사랑하지만 이미 한번 실패한 경험이 있기 때문에 또 그런 경험을 하기 싫은 거고, 더하면 내가 남자친구 인생까지 망칠 수도 있다는 생각을 할 수 있도 있을 거야. 아이도 걸리겠지. 아이는 아마 이혼한 남편이 키우든지 뭐 시댁에서 키우든지, 둘 중 하나일 텐데, 아이 엄마면 재혼을 했을 때 내 아이를 지금보다 더 못 볼 수 있겠다 이런 생각도 할 수 있을 거 같아요.

두 번째는 결혼은 하고 싶은데, 애랑은 아니다, 이거일 수도 있어요. 지금 남자친구가 완벽한 믿음을 못 준 걸 수도 있어. 아홉 살 연하의 남자에게 완벽한 믿음을 갖는 건 힘든 일이니까. 그것도 이런 아픈 경험이 있는 사람은 더하지. 그래서 현재를 즐기고 싶은 거야. 결혼하지 않고 이렇게 사랑하면서 자유롭게 지내는 상황이 좋은 거고, 혹시 더 좋은 사람 생기면 그때 결혼을 생각할 수도 있는 거고. 약간 양면성을 갖고 있는 것 같아.

그러니까 정말 결혼하고 싶다면 진지하게 애기를 해 봐. 결혼을 겁이 나서 미루는지. 아니면 결혼이 하기 싫은 건지. 집에서 얘기하지 말고 하루 날 잡아서 어디 분위기 있는 데 가서 허심탄회하게 얘기 시작해서 끝장을 내보세요. 그게 답일 것 같아.

이혼이 무슨 죄냐?
한 다섯 번 더 갔다 와

이 사람이다 싶어 스물일곱 젊은 나이에 결혼을 했어요.
하지만 서로 기대감이 너무 높았던 건지 이혼을 하게 되
었습니다. 제가 현역 장교 생활을 하는데 부대 내 보수
적인 분위기 때문에 이혼했다는 말을 못해서 아직 결혼
한 사람인 척 연기 중입니다. 매일매일 이혼 사실이 알
려질까 겁나고 새로운 이성을 만나기도 두렵습니다. 제
상황을 어떻게 해결해야 할까요?

야, 장교가 뭐가 그렇게 소심하냐. 요즘 시대 이혼한 거 흠
아니에요. 남들은 아무렇지도 않게 봐. 난 다섯 번 이혼한 남자도
봤다. 한 번인데 까짓것 뭐, 누가 뭐래. 이혼이 무슨 죄야?
성격 안 맞고 이가 안 맞아서 헤어질 수도 있는 거지. 아무것도 아
닌데 감추니까 쫄리는 거야. 지금부터라도 주변에 천천히 정리 중
이다 얘기를 하세요.
그리고 나이가 아직 젊으니까 여자 만나는 거 무서워하지 마. 아들,
딸 낳고 아름다운 가정 꾸미는 걸 새로운 소망으로 품으면 사람은
남은 인생을 소망하는 대로 살게 돼 있어요. 새로 여자 만나서 부족
한 게 많아서 이혼했다고 당당하게 말하세요. 그리고 그런 거 상관
없다, 괜찮다 하는 여자랑 당당하게 다시 사랑하세요.

좋았냐고 물어보는 건
좋았다는 말이 듣고 싶은 거야

제 남자친구는요. 잠자리 후에 "좋았어? 마음에 들었어?" 하고 자꾸 물어봐요. 정말 좋을 때도 있지만 별로일 때도 있거든요. 남자친구 기분 좋게 좋았다고 하면 되는데 제가 거짓말을 잘 못 해서 그게 잘 안되네요. 그게 뭐라고 이렇게 힘들까요?

사실 남자들이 섹스하고 나서 자꾸 좋았냐고 확인하는 거는 내 연인이 만족했을까, 궁금해서라기보다 내가 만족시켰을까, 확인받고 싶어서거든? 같은 말 같아도 아 다르고 어 다른 법이야. 그니까 지금 네가 만족한 것도 중요하지만 '나 잘했어?' 이 의미가 크다고 봐.

오늘 별로였다고 별로라고 그러면 남자친구가 굉장히 실망하니까 그냥 좋았다고 그래. 어차피 걔가 듣고 싶은 말은 정해져 있어. 거짓말을 하기 싫으면, 이런 거 물어보는 게 부끄러워서 싫다고 기분 나쁘지 않게 빙빙 돌려서 얘기를 해 봐. 연인 사이에 대화는 서로 기분 안 나쁘게 내 마음과 뜻을 전하는 게 가장 중요하니까. 아니 근데 이러고 있으니까 참, 나도 내가 이런 얘기 하는 게 주책이다. 그래도 나는 최선을 다해서 상담해주고 싶어. 너희 고민이 없어지는 그 날까지.

심증, 물증, 확증보다
더 중요한 건 내 마음

제 남편이 바람을 피우는 걸까요? 심증은 있는데 물증이 없습니다. 주말에도 일이 있다며 나갑니다. 어쩔 땐 세미나, 어쩔 땐 1박 2일 출장이래요. 피부 관리에 관심도 없던 사람이 요즘 마스크팩을 하구요. 무엇보다 이상한 건 차량 블랙박스 기록을 매일 삭제한다는 거예요. 느낌은 딱 바람인데 더 캐야 할까요? 아니면 그냥 믿고 멈춰야 할까요?

블랙박스 기록을 매일 지운다는 건 문제가 있어. 의심이 가네. 우선 아는 척 하지 말고 예의 주시하면서 모아 둘 수 있는 증거를 다 모아 둬요. 그러다 보면 또 별거 아닌 해프닝으로 지나갈 수도 있으니까. 지금 상황에서 확증을 찾는 거보다 더 중요한 건, 만약에 최악의 상황이 왔을 때 어떤 결정을 할지 미리 생각해보는 거야. 남편이 정말 바람을 피웠다고 할 때 용서해줄지, 용서 안 할 거면 어떻게 처리할지 머릿속으로 시뮬레이션을 해보세요.

지금 몇 살에 결혼했는지, 결혼한 지 얼마나 됐는지 안 알려줬거든? 잘은 모르겠지만 30대 중반이면 서로 좋아서 미치고 환장하는 시기는 이미 지났어. 그렇지? 권태기까지는 아니래도 사랑 같은 감정이 아니라 의무, 책임감으로 살기 시작하는 시기에 접어들었단 말이야. 이때가 여자로서 또 주부로서 굉장히 중요할 때야. 이때 사실 평생 이 사람이랑 살지 말지가 결정되거든.

남편이 바람을 피운 게 사실이라면, 얼마 안 가서 어떤 식으로든 들키게 돼 있어. 근데 남자들은요, 참 단순해요. 자기한테 연인이 생겼다고 생각하면 가정이고 뭐고 눈에 뵈는 게 없어. 나 사랑에 빠져버렸다, 이 지랄 하면서 이혼하자고 염병을 떨어. 그 사랑이 정말 진실된 운명의 사랑이어서가 아니고, 궁지에 처하면 그냥 막 나가.

막가파야. 그래서 바람피우다가 들키면 사네, 못 사네, 지가 더 지랄을 해. 그러니까 벌하고 싶은 마음보다 가정을 지키고 싶은 마음이 더 크면 바로 쫓아가거나 캐묻지 말고 조금 느슨하게 생각할 필요가 있어.

머리를 차갑게 식히고 생각을 하세요.
그래야 나중에 개같은
상황이 와도 손 안 떨려.

이 모든 게 괜한 오해였길 빌게요. 가정 잘 지켜요.

부부가 1년 동안
안 한 건 문제다

결혼한 지 8년 정도 됐고요. 네 살 아이가 하나 있어요. 남편은 바빠서 매일 자정 넘어 들어오고 저는 육아와 집 안일에 지쳐 10시면 잠듭니다. 그렇게 부부관계를 안 한 지 1년, 슬슬 괜찮은지 걱정되네요. 저희 부부가 이상한 건가요? 아니면 다른 부부들도 이렇게 안 하나요?

1년 안 한 거는 정상적이진 않다. 40대면 뭐 피크는 아니어도 아주 안 할 때는 또 아니거든. 보니까 아내도 남편도 너무 일상에 찌들어서 섹스할 분위기를 잃어버린 게 아닌가 싶어. 남편이 매일 12시 넘어서 들어온다는 거부터가 귀가 시간이 그렇게 늦은 시간에 고정되는 게 좋은 시그널은 아니거든.

그렇다고 걱정할 필요는 없어. 관계가 없다고 해서 부부 사이가 나빠지는 건 아니에요. 너무 힘들면 잘 안 된다고 하더라고. 이 섹스라는 게 배꼽 아래부터 시작한다고 그러는데 머리부터 시작되는 거거든. 일단 머릿속으로 아름다운 여자나 그 매혹적인 분위기 같은 게 그려져야 아랫도리에 힘이 불끈 들어가는 거지. 그니까 머릿속에 다른 걸 그릴 여유가 없을 정도로 피곤하고 지치면 욕구가 없어질 수도 있어. 남편은 회사에서 일에 시달리고 아내는 집에서 아이 돌보고 집안일 하다 보니 서로 욕구를 잊은 채 1년이 간 거지.

그러다가도 불붙기 시작하면 괜찮아진다고들 하니까 한번 자연스럽게 무드를 조성해봐. 여보, 우리 너무 오래됐지? 이렇게 먼저 아내 쪽에서 물어보고 분위기를 유도해보세요. 한 번 해봐라. 다 넘어간다.

누구 만나지 마,
넌 혼자 살아야 돼

딸, 아들 모두 성인으로 다 키운 마흔일곱 남자입니다. 와이프를 교통사고로 먼저 보낸 지 7년이 지났어요. 최근에 지인을 통해 좋은 분을 소개받았는데 제 이야기를 숨김없이 한 게 잘못이었는지, 주선자로부터 사별했다는 이야기를 왜 했냐는 핀잔을 들었습니다. 과거를 숨기면서까지 누군가를 만나고 싶지는 않은데, 상대 입장 생각하면 얘기 안 하는 게 예의일까요?

보니까 아내와의 추억 때문에 아직은 다른 여자 만나는 게 달갑지는 않은 거 같아. 우리 남편은 나 죽으면 그다음 날 재혼할 텐데. 이분은 아내를 정말 많이 사랑하셨나 봐. 굉장히 부부애가 좋았던 거 같아요. 이런 감정 상태에서 재혼을 한다고 과연 행복할까, 애들 엄마를 잊을 수 있을까, 그런 생각이 들어요. 지금 마음에 아내가 있기 때문에 다른 여자는 못 들어갈 것 같거든.

　옛 아내를 잊어버릴 만큼 마음에 드는 여자를 만나면 다행이지만, 만약에 재혼을 해서도 자꾸 아내하고 비교하게 되면 이건 양쪽 다 굉장히 불행해져요. 왜냐하면 이혼했다가 재혼한 사람은 곧장 잘 살아요. 그런데 한쪽이 사별한 사람은 부부관계가 나빴다면 모를까, 좋았던 경우에는 재혼이 잘 성사가 안 되더라고. 안 그러려고 해도 자꾸 비교가 되고 겹쳐 보인대.

　아마 외롭기는 할 거예요. 사람이니까. 주변에서 애들을 위해서라도 재혼해야 된다고 부추기면 마음이 또 움직일 거고. 그래도 지금은 아내를 완전히 잊고 떠나보내는 게 우선인 거 같아. 그 이후에 같이 나이 먹고 말벗할 좋은 친구 같은 여자, 맛있는 김치 밥 위에 올려줄 여자 만나서 재혼했으면 좋겠어요. 아마 애들 엄마도 내 남편이 좋은 사람 만나서 어서 편안해지기를 바라고 있을 거예요.

남편 버릇 고치기,
40년은 각오하세요

제 남편은 양말을 벗어서 꼭 아무 데나 던져요. 그럼 제가 일일이 수거하러 다니고요. 지난번에는 양말을 음식 있는 식탁 위에 올려뒀다니까요? 양말 벗은 거 세탁 바구니에 넣어달라는 게 그렇게 어려운 부탁인가요? 도대체 어떻게 해야 말귀를 알아 처먹을까요?

이거 고질병입니다. 못 고쳐요.

내가 양말 때문에 우리 남편이랑 이혼하려고 그랬거든. 매일 쉬지도 않고 들볶아서 그 버릇 고치는 데 딱 40년 걸렸어. 내가 결혼한 지 43년 됐는데 딱 3년 전부터 우리 남편이 빨래통에 양말을 넣어요. 그니까 저 버릇 고치는 데 40년 걸렸어.

내가 정말 별짓을 다 해봤어. 한번은 남편이 아끼는 비싼 이태리제 양말을 강아지한테 던져줬어. 강아지가 신이 나서 아주 물고 뜯고 짝짝 찢어. 그걸 보더니 '어, 저, 저게 얼마짜린데…' 이러고 말을 더듬더라고. 내가 저 꼴 나기 싫으면 양말 빨래통에 잘 넣으라고 경고를 했지. 근데 다음 날 되니까 똑같아. 또 아무렇게나 던져.

제일 싫은 게 침대 밑이야. 하고 많은 곳 중에 왜 침대 밑에 양말을 던질까? 계속 치워줘서 그런가 싶어가지고 청소 도와주시는 아주머니한테 침대 밑에 던져둔 양말 절대 치우지 말고 내버려 두라고 했거든. 근데 남편은 거기 양말이 쌓이든가 말든가 천하태평이야. 내 속만 터지지. 그렇게 40년을 들볶으면 고쳐지긴 합니다. 남편 버릇 고치기 참 쉽죠?

◇

사랑에 빠진 마흔,
그 소녀다움을 칭찬해

결혼 8년 차, 다섯 살 아이를 키우는 워킹맘입니다. 이 나이에 철딱서니 없이 엑소 디오에 빠져서 동영상 찾아보느라 하루 3시간밖에 못 자고 있습니다. 회사 다니고 집안일 하고 애 키우는 것만으로도 힘든데 잠도 못 자니까 정말 지치네요. 근데요, 그런데도 너무 좋아 죽겠어요!

아직 이런 소녀다운 감성과 체력을 간직하고 있다는 게 아름답다고 칭찬해주고 싶다. 만약에 딴 어디 외간 놈을 이렇게 좋아하면 미친년이지. 근데 가수나 영화배우를 이렇게 좋아한다는 거는 그만큼 문화적으로 예술적으로 좋아한다는 거기 때문에 나는 무조건 응원해. 그러니까 디오 개인을 사랑하는 게 아니잖아. 그 무대 위에, 작품 속에 디오를 좋아하는 거잖아. 난 이런 사랑은 너무 건강하고 아름답다고 생각해. 권장하고 싶어요. 계속 좋아하세요.

나도 아직 '조인성 앓이' 하잖아. 나한테는 이게 사는 데 얼마나 끈이 되는데.

근데 인성이 이게 요새 전화를 안 받아. 야, 너 자꾸 이러면 나 진짜 딴 놈 좋아할 거야.

임신했을 때 설움은 평생 가,
나중 말고 지금 잘해

첫째는 다섯 살이고 지금 배 속에 임신 9개월 둘째가 있습니다. 첫째 때와는 비교도 안 될 정도로 몸이 무겁고, 애 보느라 너무 힘든데 남편이 제 마음을 하나도 몰라줍니다. 밤 12시 넘어서 들어올 때가 많고 주말에 출장도 잦아요. 조금 도와달라고 했더니 자기도 힘들다고, 내가 놀다 오냐고 화를 내네요. 그저 같이 힘내자고 따뜻한 말 한마디 기대한 제가 잘못인가요?

남편하고 나이 차이가 몇 살인지는 모르겠지만, 결혼 생활 해보면 정말 남자가 여자보다 정신연령이 낮아. 적어도 아내가 자기 새끼 배 속에 넣고 있을 때는 아내 몸과 마음이 최우선이 돼야 되는 거 아니냐? 남자는 열 달간 입덧부터 시작해서 출산까지 겪는 고통을 체험해 본 적이 없잖아. 그러니까 이걸 모르는 거야. 임신 9개월 차면 몸이 제일 무겁고 힘들 때야. 그러다 보면 우울증도 같이 와요. 그리고 예정일보다 열흘 정도 빨리 나올 수도 있고 늦게 나올 수도 있어. 제왕절개 하지 않는 이상 애가 약속한 날짜에 정시 맞춰서 태어나는 게 아니니까. 이것도 산모 입장에서는 엄청 불안해.

우울과 불안이 찰랑찰랑, 넘치기 직전이라고 네 와이프가!

이 상황이면은 마음에 없는 말이래도 '당신 지금 너무 힘들지, 내가 좀 노력해볼게' 이게 정상이지. 거기다 대고 '나도 힘들어, 내가 놀고 왔냐' 이게 말이냐 지금. 이렇게 말하는 남편이면 앞으로도 기대하지 마. 기대할수록 너만 실망한다.

우리 남편도 그랬어. 내가 첫째 낳고, 둘째 입덧 너무 심한데 하루는 워커힐이나 이런 멋있는 호텔 레스토랑 가서 제대로 된 양식이 먹고 싶은 거야. 내가 같이 뭐 밥 먹으러 갈 사람이 없었겠냐. 그게 아니라 남편하고 같이 가서 기분을 내고 싶었던 거거든. 그것 좀 같이 가서 먹자고 노래를 하는데 두 달 만에 사주더라. 그땐 이미 양식이고 나발이고 다 싫지. 내가 그 한을 아직도 안 잊어. 생각하니까 또 분하네. 오늘 가서 정창규랑 한 판 해야겠어.

이건 내가 남편한테 진짜 얘기를 해주고 싶다. 9개월이면 굉장히 산모가 마음이 편해야 돼. 이때 한 맺히면 내 나이 칠십하나인데, 그 양식 안 사준 걸로 지금까지 이 갈거든?

임신했을 때 설움은 평생 가.
평생 원망 듣기 싫으면 지금 잘해.
부부는 언제나 오늘, 지금이 제일 중요해.

꼭 예쁘다, 예쁘다,
해야 사람이겠니

마흔다섯 주부입니다. 남편이 제 머리가 추노 같다고 그래서 새로 머릴 했는데 이젠 가르마 가지고 트집입니다. 얼굴 큰 사람이 가운데 가르마 타니까 더 커 보인다나요? 제 남편 왜 이럴까요. 이렇게 시비 걸 때마다 시원하게 한 방 날려주고 싶어요.

마흔다섯 살이면 결혼한 지 꽤 됐을 것 같은데, 남편이 이렇게 헤어스타일에 관심을 가져주는 건 아주 좋은 거예요. 우리 남편은 내가 파마를 하든, 커트를 하든 아무 관심도 없어. 몰라. 한번은 내가 삭발도 했었거든? 그런데도 별소리를 안 하더라고. 그래서 거품 물었던 내 입장으로서는 이 남편을 뭐라고 할 수가 없네. 야, 머리 스타일이 어쩌고 가르마가 어쩌고 이렇게 관심 주는 게 어디냐.

꼭 당신 참 예뻐,
하는 것만 관심이 아니야.
이런 식으로 부아가 치밀게 시비거는 것도
관심이고 약간은 사랑이야.

아내가 삭발했는데도 힐끗 보고 방에 들어가는 것보다 나아요. 아 또 열 받네. 정창규 씨, 두고 봅시다.

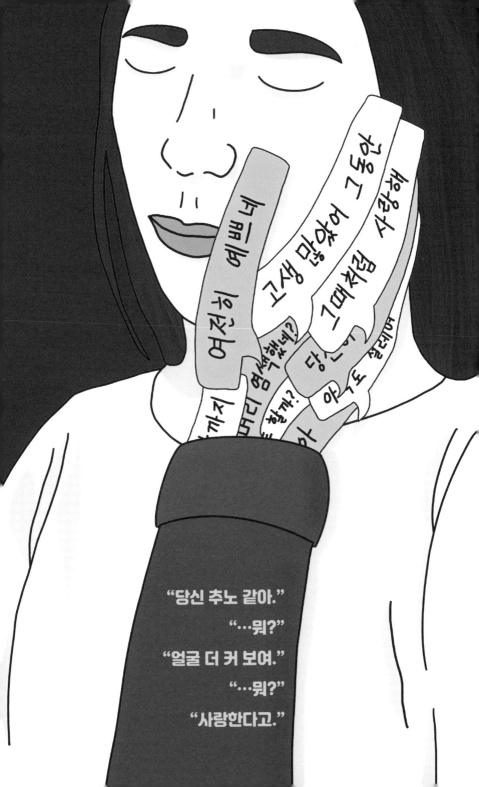

수미TALK

 선생님은 어떨 때 보면 되게 여성스럽고
어떨 때 보면 엄청 터프해요

어느 쪽이 진짜예요?

나 약간 변태라 정신이 왔다 갔다 해

어느 날은 이 새끼 그 새끼 저 새끼 욕하다가

또 어느 날은 앞치마 입고 조물조물 음식 해

 하도 신기해서 우리 남편이
나 죽으면 해부해 보겠대

 선생님도 막 감성파예요?

나는 사계절을 다 타

특히 가을 좀 지나서 큰 오동잎이
털썩 떨어지잖아?

그럼 내 심장이 같이 털썩털썩 떨어져

 그럼 하루 중 언제 가장 감성에 젖어요?

막 잠 들랑말랑할 때

그때가 가장 행복해요?

 시각을 꼽으면 새벽 5시

나는 새벽을 제일 사랑해요

여름에는 5시만 되도 날이 확 밝아 오면서
내 침실이 훤해지거든

그럴 땐 깜깜하던 세상이 다 훤해지는 느낌이야

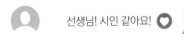 선생님! 시인 같아요!

 그러나 제일 행복할 때는 뭐니 뭐니 해도

내 친구들하고 맛있는 거 먹으면서
누구 신나게 흉 볼 때 그게 제일 행복해

내 고민 다스릴 사람은
나밖에 없어요

고래 등 같은 집도 문 열고 들어가면 가가호호 문제가 있어. 돈이 많으면 자식이 속을 썩여. 마약하고 대마초 피워. 자식이 바르면 남편이 속 썩여. 남편이 바르면 아내가 바람을 피워. 모든 대문 안쪽에 저마다 문제가 있는데 다 쉬쉬하고 살아가는 거야.

봐라. 내 결혼생활부터가 개같다. 남편이 젊을 때 그렇게 외박을 많이 했어. 우리 남편이 나하고 동갑이니까 일흔하나인데 참 점잖은 사람이야. 근데 옛날에는 놀기 좋아하는 부잣집 아들이었거든. 그래서 결혼하고도 주위에 결혼 안 한 총각 친구들 다 불러내서 그렇게 외박을 해댔어. 내 남편은 바람도 많이 피웠다. 그때는 속도 썩었는데 바람은 말 그대로 바람처럼 지나갔어. 그냥 코 흥 푸는 거지 사랑을 하진 않더라고. 젊을 때 밤새 술 먹고 집에서 안 자고 그렇게 험난하게 놀더니 나이 사십 넘자마자 당뇨에 뭐에 병을 달고 왔네? 내가 다 늙어서 남편 병수발까지 들어.

우리 남편이 매일 아침 7시에 정확하게 일어나서 신문을 가져오는데, 7시 반이 되도록 안 나오는 날에는 방문을 살짝 열고 귀를 대봐. 쌕쌕, 숨소리 나면 아, 오늘도 무사하구나, 하고 산다. 매일 매일을.

남들은 나보고 어떻게 살았냐 그래. 어려서나 늙어서나 하도 일이 많았잖아. 근데 별거 없어. 나 좋은 거 열심히 하면서 나 좋은 대로 살면 돼.

나는 매일 새벽 5시에 일어나거든요? 그 소리 하면 다들 어우, 하는데 나는 강아지도 식구들도 다 자는 시간에 나만 일어나는 게 너무 좋아. 내가 한낮에 일어나는 게 좋았으면 오후 1시에도 3시에도 일어났을 건데 새벽형 인간이라 그때 잠이 깨.

눈 뜨자마자 맑은 커피 한잔 내려 먹고 전날 있었던 일을 일기장에 써요. 그리고 내려가서 운동을 하는데 뭐 거창할 건 없고 클래식 음악 틀어놓고 한 20분 요가를 해. 아니면 강아지 데리고 산책을 하든가. 그러고 나면 목욕을 해. 내가 목욕을 너무 좋아하거든. 스케줄 없는 날은 목욕탕 찜질방에서 10시간도 들어가 있어. 뜨거운 불가마에도 들어갔다가 냉탕 들어가서 실컷 물장구를 쳐.

그러고 실컷 씻고 8시면 올라와서 아침밥 준비를 합니다. 6월에는 오이 박박 씻어서 오이지도 담고 시원한 오이냉국을 만들지. 일주일에 한 번은 혓바닥 싹 매운 요리를 상에 올려. 대패삼겹살 고추장 넣고 달달 볶아서 상추쌈에 싸 먹으면 땀이 푹 나. 낙지를 시뻘겋게 해서 뜨거운 불에 확 볶아가지고 뜨거운 밥에 싹싹 비벼 먹어. 여기에 얼음 둥둥 띄운 냉콩나물국 딱 들이키면 내장까지 시원해.

내 아침은 내가 잘하고 좋아하는 걸 다 이어 붙여놨어. 눈뜨자마자 꼬박 서너 시간을 좋아하는 것만 해요. 그렇게 하루를 시작하니까 그 전날 아무리 지랄 같은 일이 있어도 다 씻겨 나가. 스트레스가 있어도 구정물이 좀 묻어도 아침이면 뽀송뽀송 개운해져. 그래서 나는 매일 아침이 참 기다려집니다.

대신에 난 바느질하고 뜨개질은 젬병이야. 운전도 못 하고 골프도 못 쳐. 내 친구들 중에 골프 못 치는 사람은 나 하나야. 정말 못하는 게 너무 많아. 근데 못하는 거 잘할 생각 난 안 해요. 나는 내 평생 하고 싶은 것만 하고 살았어. 싫은 건 안 해. 그게 아프다가도 낫는 내 건강 비결이야.

사람은 이렇게 내가 좋아하는 것만 집중적으로 온전히 즐길 시간을 가져야 돼요. 내 고민 다스릴 사람은 나밖에 없거든? 내가 해서 막 신나는 거, 재밌는 거, 좋은 거를 찾아. 그리고 그걸 아침, 오후, 밤, 새벽 언제 할지 정해. 그래서 밖에서 사람 구실 하느라 이러 저리 치이며 사느라 구깃구깃해진 나를 좀 반듯하게 펴보세요.
그럼 인생에 어떤 굴곡이 와도 다음 날이면 또 기운 차릴 수 있을
거예요.

일러스트레이터 **이시우**

한성대학교 의류패션산업전공 졸업 후 예술 단체 아트그룹 슈필렌의 시각예술팀장으로 공익광고 및 공공디자인 프로젝트를 총괄했다. 그림 한 컷에 현 시대 열 컷의 메시지를 담는 일러스트 연작 시리즈로 SNS와 온라인 커뮤니티에서 화제가 되기도 했다. 개인 전시, 브랜드 콜라보 등을 병행하며 꾸준히 창작 활동을 펼치고 있다.

instagram.com/leesiwoo__

김수미의 시방상담소

1판 1쇄 **인쇄** 2020년 2월 14일
1판 1쇄 **발행** 2020년 2월 28일

지은이 김수미
일러스트 이시우

발행인 양원석 **편집장** 김건희 **책임편집** 전설
디자인 room 501 **영업마케팅** 조아라, 유가형, 신예은

펴낸 곳 ㈜알에이치코리아
주소 서울시 금천구 가산디지털2로 53, 20층 (가산동, 한라시그마밸리)
편집문의 02-6443-8932   **도서문의** 02-6443-8800
홈페이지 http://rhk.co.kr
등록 2004년 1월 15일 제2-3726호

ISBN 978-89-255-6891-1 (03800)